Oida!

Der Generationendolmetscher

HerausgeberInnen:
ARGE MITEINANDER REDEN
Pamela Heil und Thomas Schuster, Verein Spektrum
Susanne Schinagl und Steffanie Zauner,
ZGB – Zentrum für Generationen & Barrierefreiheit
Christian Reisinger, BWS – Bewohnerservice Taxham/Maxglan
Jochen Höfferer, Jugendkoordinator der Stadt Salzburg

Projekt-Koordination: **Pamela Heil, Steffanie Zauner**
Redaktion: **Gertraud Steiner**
Sprachwissenschaftliche Begleitung: **Peter Mauser**
Layout & Grafik: **Der Christian Tschepp**

Inhalts

MAGAZIN

6 **Vorwort der Redaktion.** Gertraud Steiner
26 **Jugendsprache. Ein Rückblick.** Pamela Heil
28 **Dialekt sprechen – was heißt das heute?** Peter Mauser
60 **„oida“ für erwachsene Ohren.** Christian Reisinger
63 **Kürzel, Smileys, Facebook-Smileys.** Laura Untner

Sprichwörtliches

36 Alles in Butter
38 Auf großem Fuß leben
41 Eulen nach Athen tragen
46 Schmutzige Wäsche waschen
58 Geld stinkt nicht
101 Die Katze im Sack kaufen
134 Das Schlitzohr
143 Jemandem etwas anhängen

LEBENSWELTEN

4 **Hänsel und Gretel.** Neu erzählt
8 **Wir bleiben, wie wir sind**
9 **Fackelscheine**
12 **frembö pflonz.** Gedicht
21 **Da Bajazzl.** Prosa
25 **A sauanö Suppn.** Dialog
34 **Sprachoriginal.** Kurt Mayer, 49
37 **Echtzeit.** Gedicht
42 ... aus der Kinderstadt
44 Spontane Sager
50 **Portrait.** Julia, 13
51 **Begegnungen.** Lesen ist ...
52 **Portrait.** Raphael, 14
53 **Begegnungen.** Generationenbingo
57 **Cookies and Applejuice.** A Rap
75 **Da Sepp is gschtorm.** Prosa
77 **Generationendolmetscher-Rap**
81 **Oiwei wieda.** Gedicht
82 **Portrait.** Herr Kohlbauer, 83
83 **Begegnungen.** Gartenprojekt
85 Kinderrezepte
90 **Portrait.** Henriette Glas, 104
91 **Begegnung.** Generationenkochen
92 Kinderrezepte
95 **Sprachoriginal.** Peter Lammer, 45
96 Kinderrezepte
102 Was ist in?
103 Burn on, burn out
107 **Sprachoriginal.** Franz Wörister, 56

DOLMETSCHER

10 Grüßen
12 Mann und Frau
16 Kinder – Jugend
22 Conga, Bongo
32 Alter – 60 plus
36 Gut drauf
38 Wow!
40 Schlecht drauf
44 Übelst. Geburnt
48 Wolke sieben
49 Schule
54 Erinnerungen

verzeichnis

DOLMETSCHER

58 Ambivalenzen
62 Auftritte
64 Codes
70 Haushalt & Wohnen
76 Mini-Drama
77 Denglisch
78 Watchen, Phonen, Smsen, Spam
80 Spuren von Landleben
84 Essen & Trinken
98 Schau auf di!
104 Große Liebe
108 Liebe & Erotik
112 Feierabend
114 Junge Freizeit
126 Gemma, gemma
127 Junge Orte
132 Schimpfwörter
138 Junge Schimpfwörter
142 Schlawiner & Ordnungshüter

LEBENSWELTEN

114 Die Szenesprache der Fußballer
118 Styles
119 **Alk.** Gedicht
120 **Portrait.** Cornell, 14
121 **Begegnungen.** Müllnerschanze
122 **Portrait.** Granit, 16
123 **Begegnungen.** Hochseilakt
124 **Portrait.** Hermine Amanshauser, 86
125 **Begegnungen.** Kinderstadt
127 **Grabn.** Gedicht
136 Völlig rätselhaft
138 **daschlaogn.** Gedicht
141 **Rotkäppchen.** Neu erzählt
144 **Sprachoriginal.** G. Reinisch, 54
145 **Sprachoriginal.** Oskar Koller, 59
146 **Portrait.** S. Hofmann-Donnersberg
147 **Begegnungen.** Ein Schritt ins Alter
War es ein Traum? Gedicht
148 **Portrait.** Michele, 17
149 **Begegnungen.** Generationenfeste
150 **Portrait.** Valentina, 13
151 **Begegnungen.** Graffiti berührt
152 **Sprachoriginal.** Christa Erhart, 66
153 Heimo Bauer, 46
154 Christine Weyrer, 58
155 Johann Grassl, 53
156 Bruder Felix, 83
158 Alexandra Picker, 38
159 Elisabeth Kranzinger, 57

MAGAZIN

68 **Jenisch als Input für die Jugendsprache.** Julia Reichl
78 **Denglisch. Wir kauderwelschen.** Steffanie Zauner
128 **Skateboard fahren.** Tom Rollbrett
130 **HipHop und Graffiti.** Daniel Käfer
158 **Wie alles begann ...** Die HerausgeberInnen
160 **Impressum.**

„Damals“

10 Grüßen
16 Kinder
32 Alter
40 Schneckn
54 Die Rote Elektrische
56 Erinnerungen
70 Haushalt und Wohnen
72 Erinnerungen
84 Essen
99 Trachtenkaftan
100 Kleidung/Körper
112 Freizeit ...
142 Sicherheit

Hänsel und

Ein Märchen der Gebrüder Grimm in Jugendsprache

Granit Syliqi, Emre Yurt, Marian Stancic und Jeremy Thompson

Vor urlanger Zeit oida war ein Holzhacker, der war broke. Er lebte mit seinem Wabo und seinen Kindern bei einem fetten Wald – bam oida! Sie waren ultrabroke und hatten nix zu buttn. Sie stressten sich immer mehr rein. Seine Wabo meinte: „Wir müssen die Kinder in den Wald liefern und dort alleine lassen, Alter, sonst sind wir im Arsch."

Die Kinder haben davon Wind bekommen. Hänsel muckte auf: „Bau dir kan Stress, Gretel! Wir werden unseren Arsch schon retten!" In der Nacht chillte sich Hänsel vors Häuserl. Der Mond krachte ins Ghetto. Er schien hell und die Kieselsteine machten *bling bling*. Hänsel zog sich viele Steine ein. In der Früh bogen die Eltern mit den Kindern in den Wald. Von Zeit zu Zeit warf Hänsel die Bling-Bling-Steine auf den Weg. Urtief im Wald machte der Vater ein Feuer und sein Wabo mante auf: „Chillt nur Kinder und wartet auf uns!" Dann naschte sie weg und hatte keinen Bock mehr auf Wiederkommen.

Es wurde krass dunkel und Gretel machte sich in die Hose. Aber Hänsel mant zu ihr: „Chill 'ne Runde oida! Bald kracht der Mond in den Wald. Dann suchen wir die Bling-Bling-Steine. Die zeigen uns, wie wir zurückbiang können." Die Idee war gwant und bald waren sie wieder in ihrer Bude. Der Alte hat's bombä gfundn, dass die Kinder wieder zrückburt sind. Aber seine Wabo hat gmant: „Ihr Råtzn ihr! Warum seid's ihr so lang im Wald åbghängt, oida geht's nu?!" Nach einiger Zeit stressten sie sich noch krasser oida: „Wir müssen die Kinder wieder in den Wald liefern." Jedes Kind zog sich ein Stück Brot ein und sie bogen in den Wald. Hänsel hatte keinen Bock, das Brot zu buttn und machte kleine Stücke draus. Er warf die nervigen Brotstücke auf den Weg. Tief im Wald heizte der oide Våda wieder mal ein. Die Kinder gingen ihnen auf die Eier und sie naschtn weg.

Das einzige Mal in ihrem Leben zeigt Gretel, dass sie Eier hat. Sie mante auf Gangsta und folgte den Brotstücken, um ins Ghetto zu gelangen. Doch der Mond schien wieder krass auf den Weg und sie fanden diese kack Brotstücke nicht. Diese Pisser von Vögel hatten das ganze Brot gefressen! Und sie naschtn noch die ganze Nacht durch und den nächsten Tag auch noch. Aber irgendwie kamen sie nicht mehr aus diesem fetten Wald raus oida!

Am dritten Tag kamen sie zu einer abgefuckten Bude aus Brot. Das Dach war aus Kuchen und die Fenster waren aus Zucker – voll Fett, Mann! Hänsel tschurte gleich ein Stück vom Dach und wollte es buttn, denn er hatte echt voll Bock drauf und einen fetten Hunger. Aber da hörte er eine abgefuckte Stimme von inside the house: „Knusper, Knusper, Knäuschen, wer buttet von meiner Bude?“ Die Kinder meldeten: „Der Wind, du Opfa, der Wind, du Opfa, das himmlische Kind, du Opfa!“

Da kickte plötzlich eine alte Wabo die Tür auf! „Bewegt euren Arsch rein!“, muckte sie. Und die Kinder naschtn in ihre Bude. De Hund woa voi oag oida! Sie war eine Hexe und frisst Kinder. Sie packte Hänsel und steckte seinen fetten A in den Stall oida. Dann mante sie zu Gretel: „Mach deinem Bruder was Gwantes zum Buttn, Oide! Er ist so dünn wie ’ne Bohnenstange oida. Erst wenn er richtig fett ist wie Big Mama, fress’ ich ihn!“ Jedes Mal, wenn der Mond vom Ghetto verschwand, checkte die alte Hexe, ob Hänsel schon fett genug war. Doch Hänsel hatte krass viel Verstand, verarschte sie und hielt ihr einen kleinen Knochen hin, weil die alte Hexe ziemlich Tomaten auf den Augen hatte und nicht gut sehen konnte. „Hänsel, lass mal checken, ob dein Finger fett genug ist oida! Der ist noch krass für’n Arsch oida, den kann man noch nicht buttn!“

Nach vier Wochen hatte sie keinen Bock mehr zu warten und wollte ihn fressen! Voll Krass, die wollte die Kinder in den Ofen stecken oida! „He, Bihach“, sagte sie: „burnt der Ofen schon genug? Mach ’nen Meter und kuck nach!“ Aber Gretel machte einen auf Nullchecker und sagte: „Ich hab keinen Plan, wie ich das machen soll oida! Und sag nie wieder Biach zu mir, weil sonst’s a paar in die Fresse gibt!!“ Die Hexe mante auf: „Dir haben’s wohl auch ins Hirn gschissn oida!“

Sie ging zum Backofen und steckte ihren fetten Kopf da rein. Da gab Gretel der Alten einen Arschtritt und machte den Ofen dicht. Die Alte fantasierte auf Hilfe schreien und so, aber Gretel machte sich vom Acker. Sie releasde Hänsel endlich vom Stall. Die alte Möchtegern-Hexe kratzte ab und Hänsel und Gretel naschtn durch ihre Hexenbude. Sie fanden voll viele Kisten mit Bling-Bling drinnen. „Die sind ja noch viel krasser als diese billigen Kieselsteine oida!“, mante Hänsel und tschurte sich ein paar. Sie bogen raus aus dem Hexenwald.

Da Våda war ultrahappy, als er seine Kinder sah. Seine Wabo hatte schon ins Gras gebissen. Hänsel gab seinem Våda das Bling-Bling und sie waren nicht mehr so megabroke. Und wenn sie nicht abgekratzt sind, dann muckn sie noch heute!

Gretel

5 CD-Track

Bihach, biach: Bitch, Hure 62, 108
Broke, megabroke: 46
Burn: eilen 114
Buttn: essen 69, 96
Chillen: entspannen 24, 115
Ghetto: Armenviertel
Gwant: wendig, geschickt, super 39, 69
Manen, aufmanen: sagen, aufzeigen 46
Muckn: aufbegehren 46
Naschn: gehen, eilen 114
Nullchecker: 64
Oida: Füllwort 62
Opfa: Geschlagener 139
Tschurn: nehmen, stehlen 69
Wabo: Frau, Ehefrau 14

Ein *ganz besonderes* Buch –

Der unverzichtbare „Generationen-dolmetscher“

Als türkisches Fremdwort ist der *Dolmetscher,* auf Deutsch ‚Sprachmittler‘, zu uns gekommen und im Wortschatz vom ‚Übersetzer‘ unterschieden. Mehr um das „Vermitteln“ als um das „Übersetzen“ geht es auch bei unseren Wortlisten zwischen Jugend- und Seniorensprache. Mit einem Lexikon hat das nur entfernt zu tun.

Sprachbrücken zu bauen, um das soziale Miteinander zu festigen, das kann freilich nur punktuell und exemplarisch gelingen. Über den (Königs-)-Weg, Sprachgewohnheiten zu erhellen und die innere Einheit von Identität und Sprache sichtbar zu machen. Es kann außerdem ein echtes Vergnügen sein, dieses Medium, mit dem wir kommunizieren, einmal aufmerksamer wahrzunehmen. – Wie es uns verbindet und abgrenzt, wie es uns trennt und abschottet, wie uns Sprache bestimmt und festlegt. Auf „lebenserfahren“, „weise“, „vorgestrig“, „jung“, „bodenständig“, „abgehoben“, „ausländisch“, „witzig“, „rotzfrech“...

Die beiden Altersgruppen der U-20 und Ü-60, die sich auf den folgenden Seiten begegnen oder gegenüberstehen, sind nach ihrer Umgangssprache beide „multikulturell“ geprägt. Der „junge“ wie der „alte“ Wortschatz entpuppt sich als bunte Sammlung, durch die aus allen Himmelsrichtungen und Sprachgegenden der Wind weht.

Der Großteil der heute in Salzburg lebenden SeniorInnen ist nach dem Krieg hier heimisch geworden, wie auch die demographische Statistik belegt. Das Innviertel wie die Bezirke Innergebirg, also ländliche Siedlungsräume, haben sich dabei besonders eingeprägt und im „Salzburgischen" (das es so nicht gibt) abgezeichnet. Mit der Urbanisierung ist natürlich vieles von der ursprünglichen Eigenart und Unverwechselbarkeit verblasst. Dazu kamen Einflüsse aus dem Osten, nicht nur aus dem Wiener Raum, sondern weit darüber hinaus bis nach Ungarn und in die Sudeten, woher in großer Zahl Flüchtlinge auch nach Salzburg gelangt sind.

Bleibt noch das einst beliebte „Französeln" zu erwähnen, das Vornehmtun mit Mademoiselle, Rendezvous und Adieu. Daraus ist – deutlich derber – Girlie, Date und Tschüss geworden. Dabei gab es Anglizismen schon in der amerikanischen Besatzungszeit. Mit einem komplett anderen Wortschatz.

Schließlich haben die modernen Massenmedien begonnen, unsere Sprache zu füttern und zu füllen. In jedem Fall gilt: Mit den Sachen, aber auch mit den Empfindungen und Lebenssituationen wechseln die Wörter, wandelt sich die Sprache. Darum dreht sich unser Generationendolmetscher.

Ein Beispiel: Der Wortschatz der SeniorInnen kennt noch eine Fülle von Ausdrücken für Haushalt, Küche, Kleidung, Natur, Garten und Landwirtschaft. Manche mögen das als wunderbar, andere nur mehr als wunderlich empfinden. Oft fehlt zu diesen Bezeichnungen bereits das Bezeichnete, die Sache, der Gegenstand, ist bereits aus dem Alltag verschwunden und Geschichte geworden, ein Relikt mit Erklärungsbedarf. – Der Generationendolmetscher darf da auch ein bisschen Schatztruhe spielen. Dazu gibt er Auskunft, Beispiele und Erklärungen, wie lohnenswert und erfrischend es sein kann, bei den Wörtern etwas tiefer zu schürfen. Der Sprachwissenschafter Peter Mauser vom Fachbereich Germanistik war da eine große Hilfe.

Wir bleiben, wie wir sind

Ich bin noch jung. Und ich bin schon alt. Zwischen uns beiden ist ein großer Unterschied. Wir haben aber die gleiche Muttersprache. Trotzdem gibt es Missverständnisse und Konflikte kommen immer wieder vor. Aber wir reden miteinander. Gegenseitiges Verständnis ist sehr wichtig. Die Jungen und die Alten sollen immer zusammenhalten.

SeniorInnen des SH Liefering

Die Pflegerin verlässt den Raum und verabschiedet sich für den Tag. Eine vornehme ältere Dame grüßt zurück: „Adieu! – Das ist Französisch und heißt bei uns: ‚Schau, dass du weiterkommst!'"

SeniorInnen der SWA Aigen

Unser „Lexikon" ist manifest gewordener Sprachimpressionismus, ein Feuerwerk an funkelbunten Wörtern und in seiner themengebundenen Zusammenstellung - selbstverständlich, leider - ein Fragment geblieben. Zu oft hat der Zufall Regie geführt, zu hoch wäre der Anspruch, Sprachgewohnheiten und Sprachkultur der jugendlichen (- 20) wie der älteren (60 +)* Generation maßstabgetreu, sprachbiografisch, schichtenspezifisch und szenengetreu wiederzugeben. Was aber auf diesen Seiten durchaus realitätsnahe greifbar wird, sind Struktur, Spannweite und – Flüchtigkeit von sprachlicher Kommunikation.

Solange sie gesprochen wird, bleibt Sprache jung. Erneuert sich, ist unausgegoren, spielerisch, bedeutungsambivalent, veränderlich, manchmal sogar nebulos, mehr Gefühlsinhalt als Bedeutungsausdruck. Speziell in der Jugendsprache - das zeigt der Generationendolmetscher ziemlich gut – ist Sprache ein rasch gewechseltes und oft auch ein rasch verschlissenes Kleid. Wörter, die gestern ganz mittig „drinnen" waren, sind heute oder morgen definitiv „draußen". Anderen Wörtern entsprießt quasi über Nacht eine neue, oft dritte oder vierte Bedeutung, so dass auch die Übertragung „schillernd" wird.

Den „Haben"-Wörtern der SeniorInnen stehen dabei ganz allgemein die „Sein"-Wörter der Jugendlichen gegenüber. Auf den Besitz-Habitus der Alten folgt das soziale Netzwerken der Jungen. Für Elektronik, Kommunikation, Technik, Sport, Freizeit haben diese ein reiches Vokabular entwickelt, oft mit Ausdrücken, wo tatsächlich nur mehr „übersetzen" - einigermaßen - hilft. Sprache schafft Einblicke, ein gewisses Miteinander, ein Versprechen auf „Dazugehören" ist damit nicht verbunden.

Mit Rücksicht auf diese Gegebenheiten kann ein Generationendolmetscher Brücken bauen. Es sind verschiedene und manchmal sogar kontroverse Welten, Kulturen, Verhältnisse, die sich hier begegnen. Das Verbindliche des Austausches und der Verständigung steht – auf Augenhöhe – neben dem Anspruch auf Abgrenzung, Identität und Eigenständigkeit.

Die Wörter sind zu diesem Zweck:

- nach ihrem Stellenwert für das Generationenthema ausgewählt und aufgelistet
- ***in Themengruppen gegliedert, die signifikant „jung" oder „alt" sind***
- einigermaßen gendergerecht wie auch fair gegenüber Altersklassen behandelt
- ***ausnahmsweise auch doppelt angeführt***
- nach ihrer sprachgeschichtlichen Herleitung erläutert
- ***immer wieder in ihren Dialektvarianten erfasst***
- übersetzt, sofern es sich um Entlehnungen oder Fremdwörter handelt
- ***nach ihrer Schreibung standardsprachlich bzw. den Konventionen oder dem Stil der Jugendkultur angepasst***
- nach ihrem Lautbild nur annäherungsweise fixiert. Englische Wörter z. B. sind zwar übersetzt und erklärt, aber nicht lautschriftlich festgehalten. – Bitte um Verständnis!

Und noch eins – „jugendsprachlich" ist nicht immer „jugendfrei"! Nicht alles ist wortwörtlich zu nehmen. Manches klingt härter, als es gemeint ist, weil Jugendliche gern „bis an die Grenzen" gehen und „No-Go-Areas" abchecken. Für sprachliche Missverständnisse zwischen Kids und Best Agers nach Gebrauch dieses „Sprachmittlers" wird übrigens nicht gehaftet. Erfreuen wir uns an seiner Einmaligkeit (der Erste seiner Art in Salzburg!) sowie an seiner bunten Persönlichkeit.

Ein Dolmetscher – mit lebendigen „Sprachoriginalen" und viel interessantem Drumherum und dazu noch plus CD! Das ist wirklich unverzichtbar! Und etwaige Neuauflagen werden jeweils „völlig neu überarbeitet" sein. Denn (Umgangs-)Sprache ist ein (kurzw-)eiliges Ding!

Gertraud Steiner

* Zu Ü-30 (über 30) und Uhu (unter 100) bitte weiterlesen auf Seite 33.

Fackelscheine

Hajde! I håb an Fackelschein! Stellt's die Taschendisko leiser…
Gemma schicht(e)ln?
Is out. I måg Housearrest.
I måg Menschenkino.
Das is cosmo! Ja, genau …
Na, gemma Glutamat-Palast. Frayzen?
Hey, Fressflash is megaout. I steh auf Beautyfood.
Das is galaktisch?
Beautyfood vom Packalwirt? Du bist echt gebirdet. Jå fåst…
Hey, dai(n) Handy läut…
Du, I håb a Date!
Dein Bauernstyler oder Back-up-Freund?
Nööö. A friend with benefits.
Hätt' ich längst die Stornokarte…
LoLig. Für mich is das Forever!

CD-Track 1

Grüßen

„Eine Pflicht war es in meiner Kindheit, jeden Erwachsenen als erstes zu grüßen. Die Lehrer waren für uns hohe und angesehene Autoritäten. Es war auch ein absolutes Muss, sich für jede Kleinigkeit zu bedanken."

„Die Großeltern waren ehrbare Leute für uns. Wir durften nicht ‚du' zu ihnen sagen. Wir waren immer sehr leise, weil sie uns so gebrechlich vorkamen."

„Wir mussten unserer Großmutter immer einen Handkuss geben, wenn sie uns ein Stück Zucker schenkte."

SeniorInnen vom Ergotherapie-Gedächtnistraining Itzling

Grüßen

Griaß di! Griaß aich/eng/enkch!
Grüß(e) dich/euch (Gott)! oder: (Ich) grüße dich/euch!
Die auf dem Land und teilweise im städtischen Raum übliche Grußformel unter Bekannten und Freunden.

Griaß Ihna! Pfiat Ihna!
Höfliche Begrüßung bzw. Verabschiedung in der Sie-Form. Eigentlich grammatikalisch unkorrekt, da wörtlich *Grüß Ihnen!* bzw. *Behüt Ihnen!*

Habedere! *(Ich) habe die Ehre!*
Grußformel unter Männern, ein kumpelhafter Gruß, aber auch ein Ausdruck der Verwunderung: *Na, habedere!* in der Bedeutung ‚Du lieber Schreck! Was ist denn da los?!' Regional auch: *Das Dach ist ziemlich habedere (beinander):* Das Dach ist in schlechtem Zustand.

Servus, griaß di! Servas, griaß aich/-eng/enkch! *Ich begrüße dich/euch!*
Auch: *Auf Wiedersehen!*
Aus dem Wiener Raum kommende Grußformel; kumpelhaft. Beispiel dafür, dass Grußformeln kombinierbar sind, in der Häufung wohl an Eindrücklichkeit gewinnen sollen. *Hallo, servus, griaß di!* – Verbreitetes Beispiel für das spätbarocke „Grüßbrauchtum" in Österreich. Geschätzt wird aber genauso ein einfaches *Servus!* oder *Griaß di!*

Pfiati! Pfiat aich/eng/enk! *Behüte dich/euch (Gott)! Auf Wiedersehen!*
Verkürzte Ausspracheform. Besonders auf dem Land heute noch ersatzlos gültig. In den Dörfern gelten die persönlichen Fürwörter *es* bzw. *eng/enkch* ‚ihr/euch'.

Adieu! *Auf Wiedersehen!*
Vertrauliche, aus dem Französischen entlehnte Verabschiedung; hat schon etwas Staub angesetzt. Das Wort hängt etymologisch mit *Tschüss!* *(‹ (a)djüs ‹ adiós)* zusammen.

Howdi! *Begrüßung*
Lustig, aus dem amerikanischen Englisch, gekürzt aus *How do You do?* Ein Relikt der Nachkriegszeit.

CD-Track
33

Hallo, tschüss und cu!

Buan ma! *Gehen wir!*
Gehört zum Verb *buren* ‚eilen'; ein Regionalismus, der den gemeinsamen Aufbruch ankündigt.

Ciao!
Anders als in Italien nur zur Verabschiedung. Löst das ländliche *Grüß dich!* bzw. *Grüß euch!* ab. Steht in Konkurrenz zum importierten *Tschüss!*, dem unvermeidlichen *Hi!* und dem schlichten *Hallo!*

Cu! *Bis später!*
Kürzel aus dem englischen *See you later!* Daher als *Si ju* auszusprechen.

Griaß di! *(Ich) grüße dich!*
Jugendliche mögen „alte" Wörter. Retro ist in bei Grußformeln!

Hadde! Hade! *Tschüss!*

Cu!
Hej, was geht?
I biag!
Ssseas!
Man sieht sich!

Hej, was geht? *Hallo und was ist los bei dir?*
Verschmelzung von Grußformel und Nachrichtenerhebung. Kann als leicht überfallsartig aufgefasst werden.

Hej, diggah wazzup? *Hallo, mein Freund, wie geht es dir?*
Anglizismus. Wörtlich: ‚Hallo, Dicker, was ist los mit dir?'

Hi! *Hallo!*
Aus dem Englischen entlehnt.

I biag! *Ich biege (ab)!*
Ausspracheökonomisierte Verabschiedung im Sinne von ‚Ich gehe meiner Wege'.

Man sieht sich! *Bis später!*

Seas!, Ssseas! *Servus!*
Aus ‚Servus (dir/euch)!'

Tschüssikovski!
Spielerisch erweitertes *Tschüss!* Die korrekte Antwort darauf ist *Bissidanski!*

Grüßen

„Bei uns im Dorf war es so, dass alle Kinder den Bäckermeister mit ‚Grüß Gott!' begrüßen mussten. Sonst kam er her und hat einen an den Ohren gepackt und gezogen, bis man ordentlich ‚Grüß Gott!' sagte."

Franz Wörister
Fiaker in Salzburg

CD-Track 23

Mann und Frau

frembö pflonz

bist a brichminitao
oda a schauminito
hoaßt vielleicht tramhappei
oda sunnkappei
bist d schmettalengbraut
oda s omössngraud
hoaßt vielleicht
schtichdischono
geaihtdinixo
lafnitdavo
oda hoaßt
bivaweithea
mochdakoagschea
bibravundschtaad

hiaz nocha, wo haot s di
heagwaht?

**Theresia Oblasser,
Altbäuerin in Taxenbach**

Månaleut, Waiwaleut
Wörtlich *Männerleute* und *Frauenleute*
Alpenländische Mehrzahl von ‚Mann' und ‚Frau/Weib'. Erinnert an Zeiten, da Sozialleben und Arbeitsteilung noch viel stärker geschlechtsspezifisch geregelt waren. Dialektsprechern vertraut ist auch die Verwendung in der Einzahl:

A flotts Waiwa-leut

Må(n) *Mann*
In manchen Dialekten in gleicher Aussprache für ‚Mond'. Für den Mond ist zuweilen auch noch das ältere *Herr Mond* zu hören.

Waiwe, Wajwi *Weib*
Je nach Kontext abwertend oder liebevoll. Auch für ‚alte Frau'. Der Form nach eine Verkleinerung zu *Weib.*

Mamai *Mama*
Koseform. Noch viel älter ist das ländliche *Maame* und *Maamai.*

Date, Dat *Vater*
Vertrauliche Anrede. Von mittelhochdeutsch *tat(t)e,* wohl aus einem kindersprachlichen Lallwort *tata.* Heute nur mehr vereinzelt im bäuerlichen Milieu. Einst weit verbreitet, auch in Wortschöpfungen wie *Himmidate* für ‚Himmelvater'. Nicht von *Date* ableitbar ist das lungauerische *Dotn* für ‚Mädchen'. Dort geht man bis heute nach der Geburt eines Kindes *Datl schaun* oder *weisen* und bringt der Wöchnerin mit ihrem *Buzai* ‚Neugeborenem' ein Geschenk, das *Waisat,* mit.

Månaleut und Waiwaleut

A(n)l, Ea(n)l *Großmutter, Großvater*
Ableitung von ‚Ahne, Vorfahre'. Dazu bestehen verdeutlichende Wortbildungen wie *A(n)lmuata* und *Ee(n)lvåta;* aus dem Ennspongau sind die Weiterentwicklungen *Na(n)l-muata* und *Nee(n)lvåta* bekannt.

Ees, Eng, Enkch *Ihr/euch*
Personalpronomen der 2. Person. Das im Südosten des deutschen Sprachraums gebräuchliche persönliche Fürwort *enkch, enkcher* (inneralpin) bzw. *eng, enger* im Alpenvorland und Donauraum.

Z. B.: *Griaß enkch!* Diese Kennformen des Südostens des deutschen Sprachraums stellen Überbleibsel alter dualischer Personalpronomina in den germanischen Sprachen dar.

Der Dual ist der Numerus der Zweizahl, in Ergänzung zu Singular (Einzahl) und Plural (Mehrzahl). Ihre dualische Funktion ‚ihr beide/euch beiden' haben die Formen im Bairischen aber verloren!

God, Gödin
Pate und Patin
Gemeint sind unterschiedslos die Tauf- oder Firmpaten. Regionale Aussprachevarianten bis zu *Geet* und *Goota* im Lungau.

Gschwisteretkinder *Cousins und Cousinen*
‚Geschwisterkinder'; die Leistungsfähigkeit unserer Sprache zeigen aber auch Schöpfungen wie *Kinderetskindskinder* ‚Geschwisterenkelkinder'.

Mit dem Wandel der Familienstrukturen haben dergleichen „großfamiliäre" Bezeichnungen ihre Bedeutung verloren.

Hoamkua, Hoamkialei *Heimkuh, Heimkühlein*
In der Regel die ‚Leitkuh'. Aber auch für Personen, die zuverlässig in den „heimatlichen Stall" zurückfinden und/oder diesen nicht lange entbehren können, ohne von Heimweh gepackt zu werden.

CD-Track 22

Hegl, Wabo ...

Spontane Sager

Das denken Jugendliche über SeniorInnen

Was wir an ihnen mögen ...

... dass sie ihre Erfahrungen mit uns teilen. (w., 18)

... dass sie einen in Schutz nehmen und nur das Beste für einen wollen. (w., 10)

... dass sie einem gern etwas zustecken. (w., 10)

Was uns manchmal ärgert ...

... sie vergessen, dass auch sie einmal jung waren und sie nörgeln oft. (w., 16)

... sie vergleichen ständig früher mit heute und behaupten, die Jugend sei so schlimm. (w., 18)

... sie sagen, dass wir den Zebrastreifen nehmen sollen und gehen selber auch nicht über den Zebrastreifen. (w., 10)

Bekindert *Eltern mit Kindern im Versorgungsalter*
‚Mit Kindern gesegnet' oder aber ‚Mit Kindern behindert', - es kommt ganz auf Anlass und Situation an.

Dadster *Junger Vater*
Merkmal Baggy-Pants, Sneakers und iPod am Ohr. Zieht mit seinen Kleinen ähnlich wie die Latte-Macchiato-Mama durch die Szeneviertel.

Erzeugerfraktion *Eltern*
Distanz beziehende, betont neutrale Bezeichnung. Jugendliche nehmen ihre Eltern häufig als Gegenüber, als die andere Seite/Partei wahr.

Gönner *Eltern*
In ihrer Funktion als Ernährer und Unterhaltsleister der Familie. Durch die Überzeichnung wird dies lässig bis ironisch ausgedrückt.

Latte-Macchiato-Mama *Modebewusste, lifestyle-interessierte, junge Mutter*
Sie hält sich mit ihren Kids gern in Cafés der Szeneviertel auf, wo auch die Kleinen mit Cappuccino mit viel Milchschaum verwöhnt werden.

Mai(n) Oide, mai(n) Oida *Meine Mutter, mein Vater*
Wörtlich: ‚meine Alte', ‚mein Alter'. Muss weder ganz lieb-, noch ganz respektlos klingen.

Regenbogenfamilie *Familie mit gleichgeschlechtlich liebendem Elternpaar*
Wenn es also zwei Mamas oder zwei Papas gibt.

Supporter *Eltern*
Von englisch *to support* ‚unterstützen'.

Hegl und Wabo (wavo) *Mann und Frau*
Jenisch; also aus dem Vagantenwortschatz der „Fahrenden". In Stadtteilen und Gebieten, wo sich nomadisierende Gruppen aufgehalten und ihre Spuren hinterlassen haben, greifen Jugendliche diesen Wortschatz gerne auf.

und was so vom Stamm fällt

Mitbürger mit Östrogenhintergrund *Frau*
Wortspiel oder ironische Wortschöpfung; verweist auf den „Mitbürger mit Migrationshintergrund“. In der öffentlichen Wahrnehmung pendelt beides zwischen vorgespielter Wertschätzung und realer Abwertung.

Siis *Schwester*
Kürzelhafte Wortkreation aus dem englischen *sister* ‚Schwester‘. Gibt etwas von der Erfahrung geteilter Nestwärme wieder.

Bro *Bruder*
Kürzelhafte Wortkreation aus dem englischen *brother* ‚Bruder‘. Großer, starker Bruder, kleiner, schwacher, – beides ist möglich.

Erbnomadin *Die ‚neue Frau‘ an der Seite des geschiedenen Vaters*
Zeitgenössische Version der (bösen) Stiefmutter; Familienväter, die sich an eine neue (Lebensabschnitts-) Partnerin binden, wecken damit häufig Ängste und Konkurrenzgefühle. Im Raum steht die Verlustangst um Zuwendung, Förderung, Entwicklungschancen. Mit der „Neuen“ heißt es nicht nur „teilen“, man könnte auch vieles oder alles an sie verlieren.

Haberer *Freund, Gefährte*
Von hebräisch *chaver* ‚Freund, Gefährte‘. In (bildungsfernen) Patchworkfamilien auch die Bezeichnung für den (neuen) Freund, Geliebten der Mutter oder der Schwester. Tendenziell abwertend.

Klackertante *Frau mit hohen Absätzen*
Die *Tante* hat in der Jugendsprache wenig positive Referenzen. Die entsprechenden Wortschöpfungen transportieren Vorbehalte bis Ablehnung gegenüber angeblich konsumistischen und/oder vereinnahmenden Verhaltensmustern. Das Klackern von High heels über den Asphalt projiziert das Phantom der narzisstischen Stadtamazone auf Shopping- und Aufrisstour.

Spontane Sager

Ich möchte älteren Menschen gerne über mich sagen, dass …

… ich manchmal anders bin, als es scheint. Manchmal würde ich gerne sagen, wie verletzlich ich bin. (w., 16)

… ich hoffe, auch so alt zu werden. (m., 19)

… die Jugend genauso viel Respekt verdient wie die alten Menschen. (w., 21)

… ich es verstehe, wenn sie manchmal Angst haben und überreagieren und dass ich sie cool finde. (w., 10)

… ich nicht mit fremden Leuten über mein Privatleben reden mag. (w., 14)

… ich in Ordnung bin. (w., 14)

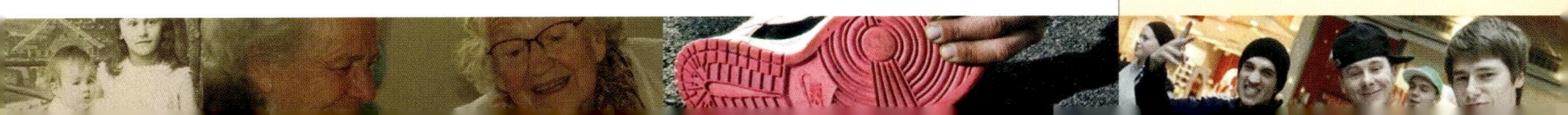

CD-Track 24

Kinder – Jugend

Kinder

„Ein Besuch kam zu uns nur, wenn die Mutter nach der Geburt eines Kindes im Wochenbett lag.

Dann kamen die Taufpaten und brachten etwas mit – meist eine Henne, Nudeln oder Weißbrot. Das war das so genannte *Waisat*, damit es eine gute Suppe gab für die geschwächte Wöchnerin."

SeniorInnen vom Ergotherapie-Gedächtnistraining Itzling

Buzl, Buzi, Buzai *Säugling, Kleinkind*
Steht unter starkem Konkurrenzdruck der internationalen Bezeichnung *Baby.*

Baugserl *Baby, Neugeborenes, Säugling*
In Ostösterreich mit besonders liebevollem Unterton: *So a herzigs Baugserl!* Die Bayern verstehen unter *Baugserl* auch ein ‚hübsches Mädchen'.

Fråtz *(Schlimmes) Kind*
Der *Fratz* kann sowohl negative wie positive Bedeutung annehmen. *Du Saufratz!* und *Mai(n), so a liaba Fråtz!* Von italienisch *frasca, frasce* für ‚Possen treibender, ausgelassener Mensch'.

Hascherl *Armes, hilfsbedürftiges Kind*
A årms Hascherl kann körperlich, psychisch oder sozial beeinträchtigt sein.

Hopperlpopperl *Kleinkind*
Kosewort. Das Grundwort *Popperl* ist die Verkleinerungsform von *Puppe* und findet sich als Kurzform auch in *Popa, Popo* und *Popsch.* (Von mittelhochdeutsch *puppe, boppe.)*

Das Verb *hoppern* ‚auf den Schoß nehmen, auf und ab bewegen' ist wohl aus Reimgründen an das *Popperl* angepasst. Dazu besteht auch die Koseform *Herzipopperl.*

Popa *Säugling, Baby*
Der *Popa* muss noch *gehoppert,* also auf dem Arm getragen oder auf den Schoß gesetzt werden. Herleitung möglicherweise aus *Puppe.*

Waiserl, Woaserl *Einfältiger oder schüchterner Mensch*
Formal die Verkleinerung zu *Waise* ‚Waisenkind', inhaltlich aber davon entfernt. Häufig für Kinder und kindliche Personen mit den Zuschreibungen: unerfahren, unselbstständig, bemitleidenswert. Die ostösterreichische Variante dazu lautet *Waserl.*

Kinder sind ein Wahnsinn(sglück)!

Wuzerl, Bunkerl *Dickliches, füllig rundliches Kind*
Kann auch auf erwachsene „Rundliche“ zur Anwendung kommen. Das Verb *wuzeln* steht für ‚mit kleinen, raschen Bewegungen rollen‘.

Das *Bunkerl* ist die Bezeichnung für etwas von kräftigem, gedrungenem Wuchs, rundlich, drall. Das Wort kommt von *Bunken* für ‚Futter-Rübe‘. Das Adjektiv *bunkert* meint also ‚drall‘. Substantiviert man dieses Adjektiv, ergibt das eine ‚kräftige, füllige Person‘, das ist eine *Bunkerte* oder ein *Bunkerter.*

Zwutschkerl *Etwas Kleines; Kleinkind*
In Österreich weit verbreitet für ein kleines Kind, eine kleine Person oder allgemein für etwas Kleines.

Naseweiß *Vorlautes, altkluges Kind*
Ursprünglich war es der Jagdhund, der mit feiner Nase *nasewise* scharf witterte. Später auf menschliches Verhalten übertragen im Sinne von ‚vorwitzig‘, ‚sich einmischend‘. Meist für Kinder; mit spöttischem Unterton.

Springginkerl *Lebhaftes Kind*
Ursprünglich für ‚Possenreißer, Geck‘. Wie auch der *Springinsfeld* auf *springen* zurückzuführen.

Schneckerlmadam *Kindliche Möchtegern-Dame*
Auch scherzhaft für ‚reizendes Mädchen mit Lockenkopf‘; aus *Schneckerl* ‚gekräuseltes Haar‘ und dem entlehnten Wort für Frau. (Die *Madam* gehörte zur Schicht der Herrschenden; die *Schneckerlmadam* stellt also den Anspruch, etwas Außergewöhnliches zu sein.) *Schneckerl* auch oft für ‚gelockte Kinder bzw. Frauen‘; seit Schneckerl-Prohaska ein Wort mit Breitenwirkung, das genauso einem Locken tragenden Mann zusteht.

Nockerl *Eingebildetes, aufgeblasenes Mädchen*
Vergleiche *Salzburger Nockerl,* eine Süßspeise mit viel Luft drinnen.

Kinder – Jugend

Backfisch *Mädchen im Übergangsstadium der Pubertät*
Gebräuchlich, wo dafür signifikante Verhaltensweisen sind: verspielt, übermütig, unreif, schwärmerisch. Einst angewendet auf 14- bis 17-Jährige.

Dirndl, Madl/Mädl *Mädchen*
In vielen westösterreichischen Dialekten, aber auch in Bayern, wird das Mädchen (die unverheiratete, junge Frau) als *Dirndl* bezeichnet. Zum selben Wortstamm gehört die als Bauernmagd beschäftigte *Dirn.* Im Pinzgau wird das Mädchen *Moiz/Möiz* gerufen, liebevoll verkleinert zu *Moizai;* dazu ergänzt sich die im Pinzgau und Pongau bei älteren Dialektsprechern noch erhaltene *Båsdirn* (wörtlich: ‚die Gutdirn').

Zunehmend auf das Kindesalter beschränkt wird dagegen im Lungau die Bezeichnung *Tåt(en).* Obwohl die Burschen in den Seitentälern doch noch *Tåtna schaun geant,* also ‚den Mädchen nachschauen'.

Gegenüber diesen alpinen Dialektformen hat sich das *Mad(e)l* oder *Mäd(e)l,* die städtische Variante aus dem Osten Österreichs, zuletzt verbreitet durchgesetzt.

S'Mensch, Menscher *Mädchen*
Mit dem neutralen Artikel wird das maskuline Grundwort *Mensch* tendenziell abwertend; diese Entwicklung trifft ähnlich oder gleich auch auf *Weib, Dirne, Dame, Jungfrau* zu. Sprache wird bei diesen Beispielen klar als ein Instrument der Unterdrückung erkennbar. Diese Tendenz zur Abwertung oder Versachlichung schließt wortidente Ausdrucks - formen für Anerkennung oder Bewunderung nicht aus: *A flotts Mensch! A gscheits Mensch! A feschas Mensch!* (Letzteres häufiger zu hören, da gefällig und weiblicher Normierung entsprechend.)

S'Lausdirndl, s'Lausmensch
Ungezogenes Mädchen
Nicht nur als Scheltwort verwendet, kann auch liebevoll, anerkennend

Backfische und Heugeigen

sein. Nachdem die „Laus“ auch Buben nicht verschont, sei hier noch der *Lauser* und *Lausbua* ergänzt.

Haring *Dünnes, lang aufgeschossenes Mädchen, Bohnenstange*
Regionale Variante zum standardsprachlichen *Hering,* nach dem primären Wortsinn eine ‚runde Eisenklammer‘. Vergleiche lateinisch *haringus* ‚Fisch‘. Im übertragenen Sinn die ländliche Ausprägung des *Backfisches.*

Dünn wie d'Leopoldin *Dünnes Mädchen, dünne Frau*
Wohl aus dem Wienerischen übernommen. Die Redensart findet sich als Couplet „So dünn, dünn ist die Leopoldin“ in der Operette „Die Landstreicher“ von Carl M. Ziehrer.

Heugeig(e)n *Eckig-unrundes, nach bäuerlichem Empfinden zu wenig gut ernährtes Mädchen*
In der Landwirtschaft bezeichnet die *Heugeig(e)n* oder *Heuharpf(e)n* ein Gestell aus Holzstangen zum Aufhängen von Heu, oft als *Hiefler* bezeichnet.

Gitsch(e)n *Mädchen, junge Frau*
Im Alpenraum verbreitete Bezeichnung. Wertneutral im Westen, besonders im (Süd-)Tiroler Raum. Nach Osten hin tendenziell abwertend.

Foaferl *Oberflächliche jugendliche, weibliche Person*
Herkunft unbekannt. Möglicherweise vom italienischen *farfalla* für ‚Schmetterling‘. Vielleicht auch zusammenhängend mit dem Dialektwort *foa(r)fl* ‚Nockerl‘; vergleiche *Foa(r)flsuppe* ‚Eintropfsuppe‘.

Bub, Bua, Buam(a)
Süddeutsche Version des in Norddeutschland verbreiteten *Jungen.* Im Singular ist der österr. *Bua* auch für den Geliebten gebräuchlich. *Mai(n) Bua, i ho di so gern.* Die Diminutiva *Biawai, Biawe, Buali* können kosend, aber auch verniedlichend und damit abwertend gemeint sein. *Schau, dass d hoam kimmst, Buali!*

Spontane Sager

Alte Menschen sind ...

... störend zur Stoßzeit im Bus. (m., 14)

... Menschen mit viel Lebenserfahrung. (w., 20)

... in ihrer Bewegung eingeschränkt und auf Hilfe angewiesen. (m., 18)

... nett, freundlich, aber manchmal nicht zum Aushalten. (w., 14)

Rotzlöffel und Spezi
Kinder – Jugend

Bersch *Bursche*
Variante von *Bursche,* das zu mittellateinisch *bursa* ‚Geldbeutel, Börse' gehört; der *Burschgesell* bezeichnete das Mitglied einer studentischen Verbindung, das aus der Kasse der universitären *Bursche* verköstigt wurde.

Ke(d)l *Kerl, Halbwüchsiger*
Im Lungau ist auch die Aussprachevariante *Kchäo* ‚Kerl' zu hören.

Lack(e)l *Großgewachsener Bursche, junger Mann*
Auch für einen Grobian. Ursprünglich auch: großer Metzgerhund.

Lulatsch *Schlaksiger, hoch aufgeschossener (junger) Mann*
Herkunft ungesichert. Der Fernsehturm auf dem Alexanderplatz in Berlin (1924 erbaut) wurde wegen seiner Höhe auch *Lulatsch* genannt.

Pipp(e)n *Lausbub*
In den Dialekten der Region kann eine *Pipp(e)n* ein Wasserhahn sein. *De Pipm tropft scho(n) wieda;* auch für die ‚Pfeife' war es geläufig. Von letzterer wahrscheinlich die Übertragung auf Personen (vgl.: *Sie Pfeife!).*

Pudl, Pidl *Halbwüchsiger, geschlechtsreifer, noch nicht „ausgebackener" Bursche.*
Pluralbildung *Püd(e)l, Pidl.* Bis heute in Verwendung.

Rotzlöffel, Rotzpipp(e)n *Frecher junger Kerl*
Mit *Rotz* können eine Reihe abwertender Bezeichnungen gebildet werden: *Rotzer, Rotzlöffel, Rotzbub, Rotzpipp(e)n, Rotznase* etc.

Schling(e)l, Schlank(e)l *Zu Streichen aufgelegter Bub oder Jugendlicher*
Das Wort (ursprünglich ‚Nichtsnutz, Faulpelz' ist seit dem 15. Jahrhundert bezeugt und gehört zu den Verben *schlendern* (Schlendrian), *schlenzen, schlenkern.*

Spezi *Guter Freund*
Seit dem 19. Jh. für ‚Kumpel, Freund'. Wortkürzung aus ‚Spezialfreund'.

Da Bajazzl

Theresia Oblasser, Altbäuerin in Taxenbach

Amoi griagg s Dianai vana Tant an Bajazzl, mied an lußteng Gsicht, ana longa Koppm aus an glänzandn Stoff, unds Gwond gmustascht und jeda Orm und jeda Fuaß a onnarö Faorb.

D Mammi saog, zan schpün isa zschaod, so long s Dianai no so kloa is. Sie tuatn as Glösakastl eichö und hia und dao amoi deafn s Dianai oschao.

Owa as bedlt hoit öfta amoi so long, bis d Mammi woach weascht und dalab, daßs a Boisei schpün dearf mied iahn Bajazzl.

Owa s Dianai vagißt boid auf dö schö Poppön und loßts auf da Hausbonk liegn, wei eahm eppas onnas an Kopf kimb.

Dao findns dö Brüada. Deanan gfoit da Bajazzl a, owa no meah intaressiaschts, waosa a sein Bauch drei haot.

So find nocha s Dianai z Mittaog an Bajazzl an Brunntrog drei, s Gwond zrissn und aus dö Füaß und an Bauch rinnan Saogschoatn und a dreckögö Brüah.

Da Datö saogg: „Söchanö Luadabuam“. Dös is owa an Dianei a den Foi zwenk. Khaut kheratns, moats.

Owa d Mammi saog, saöwa is’s a schuid, weis iahn schön Bajazzl glei liegn lossn haot.

CD-Track 13

Conga, Bongo ...

Bonsai-Keimling *Spross, Kleinkind*
Ableitung aus der japanischen Kultur der Kleinbaumzüchtung.

Dreckmagnet *Schmutziges, nerviges kleines Mädchen im Krabbelalter*
Soviel Bodenhaftung ist anziehend für Schmutz aller Art.

Happyfant *Dickes Kleinkind*
Der „Glückliche Elefant" ist ein Kleinkind in Buddha-Ausführung. Merkmale: Reichlich Babyspeck und ein Dauerlächeln im Gesicht. Denkbar ist auch die Herleitung von lateinisch *infans* ‚Kind', das in *infantil* und in *Infant* ‚Erbe, Thronfolger' fortlebt.

Teppichrätz *Kleinkind, das noch mehr kriecht als geht*

Ozwigta *Kleiner Bub*
Regionalismus; wörtlich: ‚ein Abgezwickter'.

Behindi Kindi *Nervensäge*
Ironische Verwendung des kindersprachlichen bzw. ammensprachlichen Verkleinerungssuffixes -i *(Kindi* ‚Kindchen, Kinderl') für das begleitende Adjektiv ‚behindert'.

(A)BF *(Aller)beste(r) Freund(in)*
Abkürzung mit Potenzial zum Weiterspielen: ABFFIUE: Allerbester Freund für immer und ewig; Die zeitlose jugendliche Vorliebe für Kürzel hat durch die neuen Medien (SMS, Internet) enormen Aufwind bekommen.

Chabba *Kumpel, Freund*

Connection *Freunde, Netzwerk, soziale Einbettung*
Connections haben, bedeutet Vorteile und Status genießen durch Verbindungen, Freundschaften, Teilhabe an einem Netzwerk. Daher häufig und mit selbstbewusstem Unterton zu hören: „Ich treffe mich dann noch mit meiner Connection."

ABFFIUE

und Connäkschn

Advokatensprössling *Intellektuelles Kind, kluges Kerlchen*
Meist eher abwertend verwendet von bildungsferneren Jugendlichen.

Batteriehuhn, Batteriehendl *Mitläuferin*
Junge Frau, die sich in Kleidung, Erscheinung und Ausdruck stark an ihrer Peer Group orientiert. Sicher kein Kompliment.

Bongo *Bester Freund*
Abgeleitet von der Bezeichnung für die paarweise verwendeten kubanischen Einfelltrommeln. Davon heißt die kleinere *macho* (spanisch ‚Männchen'), die größere *hembra* (spanisch ‚Weibchen').

Bunny *Hübsches Mädchen*
Das Haserl aus dem „Playboy" ist auch im jungen Wortschatz vertreten. Dialektal vorgeprägt ist der Typ der langbeinigen, langhaarigen, jugendlichen Schönheit im *feschn Håsn*. Das erste Playboy-Magazin, dessen Einfluss auf erotische Geschmacksbildung bis heute anhält, erschien 1953.

Cheater *Betrüger, Trickser*
Englisch *to cheat* bedeutet ‚Betrug, Schwindel'; in der modernen Medienkultur versteht man unter *Cheats* aber Tricks für Computer- oder Spielkonsolen-Spiele. Also handelt es sich um Pfade/Codes, die den Spielverlauf künstlich und manipulativ beeinflussen, um so schwierigere Abschnitte eines Levels zu überspringen. Cheater kann daher auch ‚clever, cool' bedeuten.

Chick, Chicka *Hübsches, attraktives Mädchen*
Abgeleitet von englisch *chicken* ‚Huhn' als Bezeichnung für eine junge, attraktive Frau; Chicka ist möglicherweise „das schönste Mädchen im Hühnerstall".

Die Jugendsprache hat eben auch mit Vorurteilen zu kämpfen.
Dass die meisten davon ziemlich alt aussehen, ist eh klar.

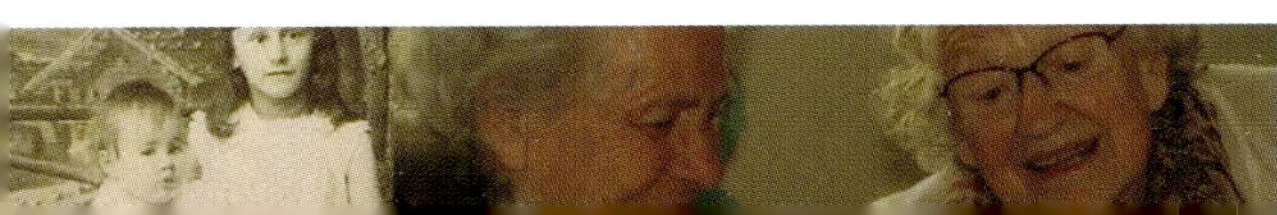

Meine Connection:

Conga, Bongo ...

Chiller **1.** *gut aussehender Junge;* **2.** *lockerer, unproblematischer Mensch*
Chillen ‚sich entspannen' ist aus der Jugendsprache nicht wegzudenken.

Conga *Beste Freundin*
Von der Bezeichnung für eine Handtrommel afrikanischen Ursprungs, die in der südamerikanischen Tanz- und Jazzmusik verwendet wird.

Dramaqueen, Beefqueen
Szenenträchtiges Girlie, das ständig und mit allen Mitteln die Aufmerksamkeit auf sich lenkt.
Queen ‚Königin' ist also ironisch zu verstehen. Die (sarkastische) Rede ist hier von einer (jungen) Frau, die von sich selbst total eingenommen ist und daher häufig negativ im Mittelpunkt steht.

Dude *Freund*
Abgeleitet aus dem englischen *dude* ‚Kumpel'. Bekannt-beliebt geworden durch den in Australien angesiedelten Zeichentrickfilm „Nemo", wo es refrainartig heißt: „Hey, dude, du bist mein Freund!"

Gazellenfraktion *Mädchen mit Kleidergröße 34 – 36*
Leicht ironisch für den von Mode und Medien diktierten Schlankheitswahn.

Gefühlsabbremser *Junge*
Denken in Schubladen und Klischees, das ist ewig jung. Aber etwas bewegt sich doch: *Gefühlsabbremser* klingt nicht ganz so toll wie ‚Indianer, der nicht mit der Wimper zuckt'.

Hexenhoden *Spöttische Bezeichnung für die beste Freundin*

Knödelfee *Dickliches Mädchen*

Typen von mir:

Lackhühner
Dudes
Congas
Dramaqueens
& Knödelkühe

Chiller, Dude und LMS

Knödelkühe *Enge Freundinnen*
Die sanft-dumme Kuh als Schimpfwort für angeblich weibliche Eigenschaften ist wohl ein Evergreen.

Kollegah *Freund, Kamerad*
Ironische Anlehnung an das Gastarbeitermilieu.

Lackhuhn *Aufgedonnertes Mädchen*
Lackgockel ist zwar eine modische Erscheinung, aber (jugend)sprachlich noch nicht erfasst.

LMS (Little Miss Sunshine) *Kürzel für Fräulein Sonnenschein*
Entlehnt aus dem Kinofilm „Little Miss Sunshine“.

Muchacho *Kumpel*
Aus der Latino-Populärkultur.

(A) Typ von mir *Einer, den ich kenne, der zu mir gehört*

Zornröschen *Zickiges, dauerbeleidigtes Mädchen*
Anlehnung ans Märchenmilieu.

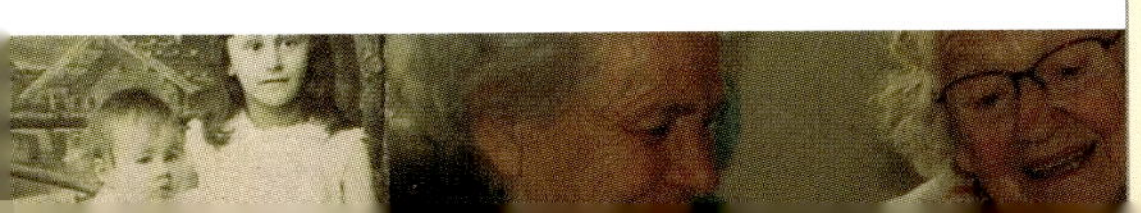

A sauanö Suppn

dao schaust oidö!
jo dao schau i
und waos saogst dazua oidö?
zawaos?
dass'd suppm saua is
wonnst ös soizt.
si saog nix.
waost dazua saogst ho i gfraog!
Waos soit i dazua saogn?
dei moaning hoit, oda haost koanö?
is hiaz d'suppm saua oda nit,
waonnst ös soizt?
laoss mi in ruah mied deinö
bledn tanz!
a so is dös, i geaih da scho wieda
auf d'nervn, waonn i was red.
owa i geaih eaih boid aussi,
nocha haost dei ruah.

si schtreicht si no a buttabrot auf.
er schoit s radio ei.
as is no z'friah fi d naochrichtn,
oiso werbung:
schau in die krone. heute frau
gerti senger mit ihrer serie:
gemeinsam statt einsam
– wie werde ich ein magnet
für das andere geschlecht?
sie draht d'lautschtärkn zrugg.
eah geaht aussi.

Theresia Oblasser

Jugendsprache

„IN ist, wer drinn ist"

In unserer Multioptionsgesellschaft existieren viele jugendkulturelle Stile. Jede Musik-, Medien- oder Sportszene hat ihre eigene Ästhetik, ihre spezifischen Sprachcodes und ihre Lebensphilosophie. Wer „in" sein will, muss sie kennen und beherrschen. Das stellt Jugendliche oft vor große Herausforderungen und ihr Selbstbewusstsein auf eine harte Probe. Der Druck „dazuzugehören" ist hoch und das Verständnis der Erwachsenen oft gering. Der Kulturraum „Jugendkultur" ist ein Phänomen von Trends und Gegentrends, der Freizeit wie des Alltags.

„In" ist immer noch, was die Medien an Hypes und Idolen bieten. Dabei gewinnt das Internet zusehends an Einfluss. Facebook, Youtube und Google wollen den Jugendlichen vorgeben, wo es lang geht.

Sprachwissenschaftliche Arbeiten unterschiedlichster Ausrichtung belegen, dass Jugendsprache Tradition hat und Jahrhunderte zurückreicht. In Romanen und Gedichten aus dem 17. Jahrhundert finden sich erste jugendsprachliche Spuren, richtige Wörtersammlungen und Texte sind ab dem 18. Jahrhundert belegt. Bis zur Mitte des 20. Jahrhunderts war Jugendsprache allerdings eine Eigenart von jungen, intellektuellen Kreisen und wurde als „Studentensprache" klassifiziert.

Erst in den letzten Jahrzehnten, mit dem Kommen und Gehen verschiedener Jugendszenen und in Zusammenhang mit Neuerungen auf dem Sektor populärer Musik, hat sich das geändert. Die „wilden" 60er waren geprägt von Anglizismen, die häufig aus Texten der Beatles, Rolling Stones und der Bands von Woodstock entlehnt waren. In den 70er und frühen 80er Jahren war Jugendsprache ein Transportmittel zur politischen Abgrenzung und meist auch ein Aufruf zur Anarchie. Die späten 80er zeichneten einen Weg von der Entpolitisierung über einen ironischen Sprachgebrauch bis hin zum absoluten Nonsens „Nieder mit der Schwerkraft, es lebe der Leichtsinn!". Die so genannte Generation X der liberalen Konsumgesellschaft wurde tonangebend. Die Jugendkultur und ihre Sprache drifteten in einzelne Szenen auseinander: Techno, Heavy Metal, Hiphop, Graffiti-Szene uvm. – DIE Jugend und DIE Jugendsprache gab es nicht mehr. Mit der Verbreitung des Computers und des Internets kamen neue kreative Möglichkeiten ins Spiel, mit Sprache und Sprachbildern zu experimentieren.

Erinnern wir uns an die Begegnung der zwei Freundinnen im Bus, Kerstin und Jessie. Rufen wir uns die häufige und vielfältige Verwendung des Begriffes „Oida" ins Gedächtnis, so kommen wir auf den Kern der Sache zurück. Warum brauchen Jugendliche eine eigene Sprache? – Weil ihr Weg in die Eigenständigkeit ein Weg ist, der auch in der Sprache zurückgelegt und erfahren wird. Jugendsprache ist ein

Ein Rückblick

Entwicklungs- und Gruppenphänomen, ein Medienphänomen mit internationaler Verbreitung und letztlich auch ein Phänomen des Sprachbewusstseins ihrer jeweiligen AnwenderInnen.

Ihr Wortschatz, ihre Phrasen mit den schillernden Bedeutungen sind oft kurzlebig, eben Ausdruck eines Übergangsstadiums, doch die Funktionen der Jugendsprache bleiben erstaunlich stabil. Jugendsprache ist ein Medium der Abgrenzung und der spielerischen Erkundung, die zudem unentbehrlich ist für die Herausbildung eines Wir-Gefühls; sie stellt Zusammengehörigkeit her und ist damit ein wichtiges, Identität stiftendes Element.

Ein Merkmal der Jugendsprache war schon immer das Abweichen von der Standardsprache, sie lebt gewissermaßen von der Konstruktion eigener Sprachbilder und seltsamen Wortschöpfungen. Mögen „die Alten" darüber die Hände über dem Kopf zusammenschlagen und von Sprachverfall und Kulturverlust reden, Jugendsprache muss einfach aufregen. „Kind, so etwas sagt man doch nicht!" – „Ich bin kein Kind mehr und das sagt man eben doch!". Vor dem Hintergrund derartiger Empörungs- und Trotzmuster ist der vorliegende Generationendolmetscher angesiedelt. Er gewährt Einblicke in die aktuelle Sprache junger Salzburgerinnen und Salzburger und erinnert an die Jugendsprache der heutigen Seniorinnen und Senioren. Eine wesentliche Aufgabe von Jugendsprache bleibt selbstverständlich unangetastet. – Geheim bleibt, was geheim bleiben soll.

Pamela Heil

Auch Salzburg hat ein buntes Spektrum an jugendkulturellen Szenen. Früher meist nur geduldet, werden sie heute als meinungsbildend und identitätsstiftend akzeptiert und immer mehr gefördert, auch von der öffentlichen Hand.

Das Internet ist zur Schnittstelle von öffentlicher und privater Kommunikation geworden. „Online sein" gehört zum Lebensalltag.

In der Gleichaltrigengruppe seinen Platz zu haben, ist für junge Menschen wichtig. MeinungsmacherInnen in der Peer Group haben enormen Einfluss, zum Bedauern vieler Eltern oft mehr als sie selbst. Wirft man einen Blick in den Jugendkulturguide, sind darin die jugendkulturellen Szenen und sozialen Netzwerke zu Gesinnungsgemeinschaften gebündelt und aufgefächert.

Sie spinnen sich um das, was für Jugendliche attraktiv ist: Musik, Sport, Neue Medien. In ihrer Szene unterwegs zu sein, bedeutet für viele, ein Stück „weg zu sein", weg von Problemen zu Hause, in der Schule, im Lehrlings- oder Arbeitslosenalltag. Jugendkultur ist ständig in Bewegung, auch in ihren Ausdrucksformen.

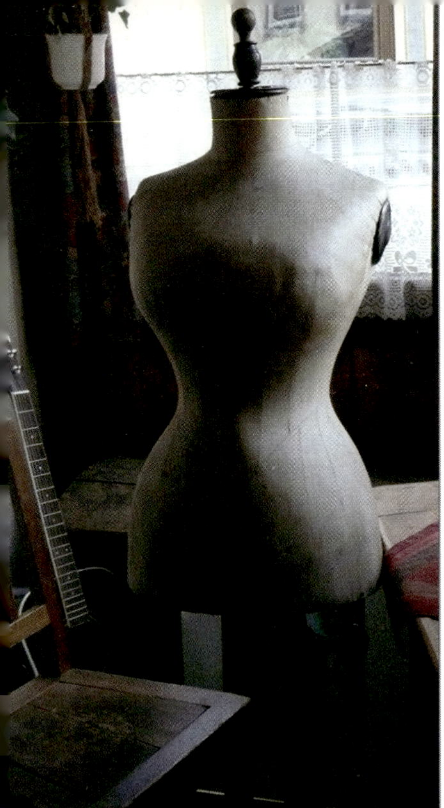

Dialekt sprechen

Peter Mauser
Fachbereich Germanistik der Universität Salzburg

Gibt es überhaupt noch Dialekte?

Natürlich. Aber Sprachentwicklung heute ist ein ambivalenter Prozess. Die globalisierte Medien- und Bildungslandschaft bringt eine gewisse Uniformität mit sich, was zum Verschwinden zahlreicher Sprachen bzw. Dialekte führt. Nach pessimistischen Schätzungen könnten bis zu 90% der heute ca. 6.000 gesprochenen Sprachen der Welt aussterben. Kultureller bzw. sprachlicher Kontakt bringt allerdings immer auch Neues hervor – die Sprache der Jugend kann ein beredtes Zeugnis dafür ablegen. Vor diesem Hintergrund ist auch für die sprachliche Situation in Stadt und Land Salzburg festzuhalten, dass zwar nichts gleich, aber alles anders bleiben wird.

Die jenseits der Standardsprache gesprochenen Varietäten – von der urbanen Jugendsprache bis hin zum dörflichen Dialekt – erfüllen ein wichtiges Kriterium, das ihren Fortbestand sichert: Sie werden „gebraucht". Sprachen sind Werkzeuge in der Kommunikation. Solange eine Sprache kommunikative Funktionen hat, bleibt sie erhalten. Weil gerade in unseren Breiten die Funktionen etwa der Dialekte so vielfältig sind und in den letzten Jahrzehnten vielmehr eine Ausweitung nonstandardsprachlicher „Domänen" (Situationen, in denen Dialekt, Umgangssprache etc. gesprochen wird) beobachtet werden konnte, ist die Angst vor sprachlicher Vereinheitlichung unberechtigt.

Natürlich unterliegen Sprachen, Dialekte etc. der Veränderung. Funktionstüchtige Kommunikationsmittel müssen ihrer Zeit angepasst sein. Da auch die Zeit nicht stillsteht, muss sich auch die Sprache, müssen sich unsere

Was heißt das heute?

Dialekte wandeln. Gäbe es heute noch den „echten“ oder „unverfälschten“ Dialekt, wie er vermeintlich von unserer Großelterngeneration (oder Urgroßelterngeneration oder... ?) gesprochen wurde, so wäre er im 21. Jahrhundert nicht mehr funktionstauglich und eine weitere unveränderliche, aber eben tote Sprache. Wer nicht bereit ist, unkritisch ein Loblied auf die „gute alte Zeit“ zu singen, wird in der Veränderung vor allem den Fortschritt sehen. Den Unkenrufen, denen zufolge es keine „echten“ Dialekte mehr gibt, ist zu entgegnen: Bevor die Dialekte ausgestorben sind, gibt es keine Unken mehr!

Wie viele Dialekte gibt es im Land Salzburg?

Die Sprachwissenschaft unterscheidet im Land Salzburg grundsätzlich zwei große Dialekträume: die Dialekte im Alpenvorland (Flachgau, Tennengau) sowie die Dialekte Innergebirg (Pinzgau, Pongau, Lungau). Eine erste Antwort könnte also lauten: Zwei! Allerdings bestehen Innergebirg, etwa zwischen den Dialekten im Lungau und jenen im Pongau bzw. Pinzgau, ganz klare Unterschiede, sodass auch hier eine Scheidung notwendig ist. Damit hätten wir schon drei! – Berücksichtigt man darüber hinaus die von den betroffenen Sprachgemeinschaften im Pongau und Pinzgau empfundenen Unterschiede gegenüber dem jeweiligen Nachbarn – Unterschiede, die sich wissenschaftlich beschreiben lassen, z.B. *vii* versus *vüü* ‚viel‘, *steen* versus *stöön* ‚stellen‘ etc. –, dann muss die Antwort neuerlich nachgebessert werden: Vier!

Je nach Abstraktionsgrad könnte man jetzt weiter differenzieren, bis hin zu den Unterschieden auf kleinstregionaler Ebene: So sagt man etwa in Eugendorf oder Nussdorf bis heute, dass im jeweiligen örtlichen Dialekt beim Wort *essen* der Laut *e* „anders betont“ wird, das heißt geschlossener ausgesprochen wird als im Nachbarort Hallwang bzw. Anthering: *essn* hier, *ässn* dort. Jedenfalls wird deutlich: Nichts Komplizierteres als eine einfache Antwort!

Welche Stellung hat denn die Stadt Salzburg in der Salzburger Sprachlandschaft?

In der Stadt Salzburg, mit ihrer Vielfalt an Einflüssen sozialer, wirtschaftlicher, kultureller Art, Einflüsse, die für eine urbane Region kennzeichnend sind, ist ein eigener Dialekt nicht mehr verortbar. Bereits 1932 wurde in einer Dissertation von V. Wimmer über die Mundart der Stadt Salzburg und ihrer Umgebung das „uneinheitliche Sprachgut“ der Arbeiterbevölkerung beklagt. So wird stattdessen von einer Salzburger Stadtsprache gesprochen, die sich, wenngleich in sich bereits heterogen, von den Stadtsprachen in Innsbruck, Graz oder Linz unterscheidet. Sie alle sind unterschiedlich geprägt durch je verschiedene Einzugsgebiete. Die Stadt Salzburg ist nicht nur Anziehungspunkt für alle Land-SalzburgerInnen. Bekanntlich haben auch zahlreiche OberösterreicherInnen, SteirerInnen etc. Salzburg zu ihrer Wohn- und Arbeitsstadt gewählt.

Dieser Zuzug hinterlässt sprachliche Spuren im Besonderen und kulturelle im Allgemeinen: Vor einigen Jahren gaben bei einer Umfrage in der Stadt Salzburg zahlreiche Befragte „S'Hoamatl“, die oberösterreichische Landeshymne, als die Salzburger Landeshymne an! Während die Sprache in einem urbanen Zentrum einerseits also geprägt ist von den Dialekten verschiedener Zuzugsgebiete, so zeigt sich auch, dass dieses Zentrum seinerseits starke Ausstrahlungskraft im Umland besitzt. Die Stadt Salzburg hat gewissermaßen die Funktion eines „Brückenkopfes” bei der Verteilung sprachlicher Neuerungen: Als urbanes Zentrum bietet Salzburg sprachlichen Tendenzen aus dem österreichischen Osten einen guten Resonanzraum (etwa *braad* statt *broad* ‚breit‘, *haas* statt *hoas* ‚heiß‘, *ii waas* statt *ii woas* ‚ich weiß‘ etc.) und leitet diese sprachlichen Merkmale von da aus weiter ins Land hinein.

Ist es mehr als die schlampige Aussprache, was die Salzburger Dialekte von der Standardsprache unterscheidet?

Nein! Das ist ein Missverständnis. Der Dialekt ist kein „gesunkenes Kulturgut“! Er unterscheidet sich von der Standardsprache auch nicht in seinen grundsätzlichen Möglichkeiten. Aber der Dialekt hat besondere Aufgaben, er ist die Sprache der Intimität, des Vertrautseins, die Gemütssprache gegenüber der Distanz wahrenden Sprache der Öffentlichkeit, also der Umgangs- oder Hochsprache. Durch entsprechende Veränderung der politischen und soziokulturellen Rahmenbedingungen kann jeder Dialekt zu einer Standardsprache werden. Pointiert wurde einmal formuliert: „A language is a dialect with an army and navy!".

Sind Salzburgisch und Bayerisch miteinander verwandt?

Ja. Denn im gesamten Südosten des deutschen Sprachraums werden bairische Dialekte gesprochen. („Bairisch" als Bezeichnung für den größten deutschen Dialektverband nimmt Bezug auf den historischen Stammesverband der Baiern und nicht, wie „bay(e)risch", auf das territorialpolitische Gebilde Bayern.) Fast alle Dialekte in Bayern und Österreich gehören zu diesem bairischen Dialektverband. In Österreich sind allerdings die alemannischen Dialekte, etwa in Vorarlberg, davon ausgenommen. Wenngleich zum Beispiel Liefering und Freilassing oder Oberndorf und Laufen heute unterschiedlich orientiert sind, was ihre überregionalen Zentren Wien bzw. München betrifft, so bestehen zugleich die unüberhörbaren Ähnlichkeiten in der Sprache weiter fort. Sie erklären sich aus der engen Verwandtschaft innerhalb des bairischen Dialektverbands.

Warum klingen die Dialekte Innergebirgs für Städter und Flachländer so „hart"?

Die Sprachwissenschaft hat für diese Beobachtung eine einfache Erklärung: Über das Alpenvorland dringen, von Wien und dem Donauraum ausgehend, sprachliche Neuerungen in Stadt und Land Salzburg ein. Eine dieser Neuerungen ist die „Erweichung der Mitlaute", die so genannte „Konsonantenlenierung". Sie macht aus *Brettan* die *Breeda* ‚Bretter', aus dem *Kchnecht* den *Gnechd,* aus *scheppan* ein *scheewan* ‚scheppern' etc. Diese moderneren und auch prestigeträchtigen Formen haben die abgelegenen Sprachlandschaften im Gebirge (Teile des Pinzgaus, Ennspongau, Lungau etc.) noch nicht erreicht. Je tiefer man ins Gebirge vordringt, desto eher hört man noch die älteren, „härteren" Lautungen.

Damals...

Alter

„Mit meiner Oma musste ich jeden Tag in der Früh in die Messe gehen und am Sonntag gleich zweimal am Tag.“

“In den Ferien durfte ich zu meiner Großmutter gehen. Sie hatte 12 Kinder gehabt. Ich habe sie über alles geliebt und sie hat mir immer viele Geschichten erzählt und sie hatte immer Röcke bis auf den Boden an.

Seit dem zweiten Kind hatte sie einen offenen Fuß und nie kam ein Wort der Klage über ihre Lippen.“

SeniorInnen vom Ergotherapie-Gedächtnistraining Itzling

Alter – 60 plus

Öit-gvatterisch

Altes Eisen
Bezeichnungen für das Alter und Älterwerden hüllen sich gern in Metaphorik.

Huatbleame(l) *Hutblümchen*
Gebräuchlich für ‚aufgemascherlte ältere Damen‘.

Oitgvatterisch *Altertümlich, aus der Mode*
Wörtlich: *Altgevatterisch.* Der Ausdruck stammt aus Zeiten, als es noch einen *Gevatter* (altertümliche Bezeichnung für den ‚Taufpaten‘) gab.

Vergleiche das Grimmsche Märchen vom „Gevatter Tod“. Daher auch ein Beiname des personalisierten Todes.

Alter – Erinnerungen
(an die Zukunft)

Omatopia und Ilse Turnschuh

Beige *Senioren*
Wegen ihrer Vorliebe, sich beige zu kleiden.

Gammelfleisch-Party *Verbaler Angriff auf Ü-30-Partys*
Ü-30 heißt: über 30.

Gottes Wartezimmer *Seniorenheim, Sanatorium, Krankenhaus*

Grabverweigerer *Pensionist*
Ironische bis sarkastische Umschreibung. Bildet einen Gegenpol zur verbreiteten „Sprach-Schminke".

Grufti *Älterer Mensch*
Mensch, der in der Vergangenheit, sinnbildlich „in der Gruft" lebt und daher an Neuerungen des alltäglichen Lebens nicht interessiert ist.

Ilse Turnschuh *Flotte Oma*
Auch Respektstitel für Ältere sind in der Jugendsprache vertreten.

Kadawa, Komposti *Betagter Mensch*
Keine Wertung der Redaktion.

Krampfadergeschwader *Ansammlung von SeniorInnen*

Mumienexpress *Mit alten Menschen besetzter Bus*
Sarkastische Anspielung auf die Reise- und Ausflugslust der Ruhestands-Generation.

Omatopia, Opatopia *Seniorenheim*
Spielerische Neuschöpfung mit dem Grundwort *-topia* von *Topos* ‚Ort, Platz, Stadt'. Vergleiche *Utopie.*

Sechsbeiner *Alter Mensch*
Mit der Gehhilfe eines (vierrädrigen) Rollators.

Uhu *Unter Hundert*
Ironischer Seitenhieb auf Ü-30.

Beige
Mumienexpress
Uhu
Grufti
Komposti
Gammelfleisch-Party

Sprach-Original

Kurt Mayer

49 Jahre

Apropos-Verkäufer

Nutze die Chancen, die sich dir bieten!

Ursprünglich komme ich aus Vorarlberg. Mit 17 Jahren wurde ich als „unerziehbar" aus dem Heim entlassen. Ich bin dann nach München und hab dort als Bäcker und lange Zeit als Nachtportier gearbeitet.

Wie und warum wurden Sie in Salzburg wohnhaft?

Ich hatte einen Unfall und wurde in Frühpension geschickt. Ich bin nach Salzburg übersiedelt und um meinen Lebensunterhalt ein bisschen aufzubessern, verkauf ich „Apropos". Ich muss ziemlich früh aufstehen, damit ich um 7.30 Uhr hier stehe, weil dann eine Menge Leute auf dem Weg zur Arbeit sind. Ich red gern mit den Leuten. Meist stehe ich 6 Stunden, bis 13.30 Uhr. Und das schon seit vier Jahren.

Was bedeutet das Wort „Generation" für Sie?

Den Wechsel zwischen Jung und Alt, aber die Kluft wird immer größer.

Sprache – welche Rolle spielt sie in Ihrem Leben?

Einfach Kommunikation. Miteinanderreden und zwar mit vielen verschiedenen Leuten und Nationen. Wichtig ist, dass ich sie alle ansprechen kann. Italiener sind z. B. sehr freundlich. Ich kann ein paar Brocken Italienisch. Für eine kurze Unterhaltung reicht es.

Stellen Sie sich vor, Sie wären noch einmal 16 …

Ich würde vieles anders machen. Komplett. Ich hab es halt nicht einfach gehabt. Ich wünsche mir, ich hätte eine Familie. Ich war immer auf der Suche danach. Damals war ich ein Einzelgänger. Ich würde heute viel mehr auf Leute zugehen.

Was würden Sie Jugendlichen von heute gern sagen?

Redet mehr miteinander und rückt mehr zusammen. Schaut aufeinander. Versucht eure Ziele zu erreichen und macht was aus eurem Leben. Nutzt die Chancen, die sich euch bieten!

Was sollten jüngere Menschen über Sie wissen?

In den 1960iger, 1970iger Jahren war Österreich noch im Aufbau. Die heutige Zeit ist ruhiger und bietet viel mehr. Österreich ist heute ein besseres und sicheres Land.

Nennen Sie uns die Wörter, die Sie am allermeisten benützen.

Guten Morgen, Hallo!

Reden ist Silber,

Schweigen ist Gold.

Auf den ersten Blick ist Schachspielen ein Miteinander. Man trifft sich und verbringt Zeit.

Kopfzeit. Denkzeit.

Und auf den zweiten Blick geht es hier um ein Spiel, das ein Ordnungsgefüge auf ein Viereck bannt.

Schwarz gegen Weiß. Gewinnen oder Verlieren. Spielzüge und Stoppuhr.

Den Zufall gibt es hier nicht. Jeder Spielzug ist über viele Schritte im Voraus und nach den Regeln der Logik durchdacht. Das ist nur was für ausgeschlafene Köpfe!

Seit nunmehr 100 Jahren treffen sich im Café Mozart jeden Donnerstag zwei Handvoll rüstige ältere Herren zu einer Partie – oder auch zwei.

Und reden miteinander.

Ohne Worte.

CD-Track 18

Alles in Butter

Wenn es gut läuft, sagen wir: „Alles in Butter!“. Obwohl in den meisten Fällen gar keine Butter im Spiel ist …

Die Spur führt uns ins Mittelalter. Es gab nur Pferdewagen und holprige Straßen. Wenn man zerbrechliche Güter wie Geschirr oder Gläser transportieren musste, stellte das vor eine schwierige Aufgabe. Bis jemand die Idee hatte, zerbrechliche Ware in Fässer einzuschließen und mit flüssiger Butter zu übergießen. Wurde die Butter fest, war das Gefahrengut sicher verpackt. Und wenn der Königshof „feinstes Porzellan und böhmische Gläser!“ orderte, konnte der Händler versichern: „Alles in Butter, eure Exzellenz, alles in Butter!“

Gut drauf

Bärig *Toll, super*
Hier steckt nicht der *Bär* drinnen, sondern das *Gebären*. Der positiv besetzte Wortsinn ‚Frucht tragen, fruchtbar sein, etwas hervorbringen‘ hat sich verselbstständigt und umfasst in diesem Adjektiv ‚alles, was toll ist‘.

Klass! Echt klass! Super klass!
Modewort der 1960er bis 1970er Generation. Zuvor schon bei Nestroy „Echt klassisch!“ (Weinberl)

Lässig, oberlässig! *Sehr toll*
Der Ausdruck kommt ursprünglich von *lass* ‚matt, müde‘. Von der gleichen Wurzel kommt auch *letz* ‚schwach, schlecht‘. Das Modewort der 68er ist zusammen mit ihren Vertretern in die Jahre gekommen.

Pfundig! *Toll, richtig, fröhlich, fesch*
Abgeleitet von mhd. *phundec* ‚ein Pfund wiegend, das rechte Maß habend‘. Früher oft verwendet, wenn man seine volle Zustimmung zum Ausdruck bringen wollte.

Putzig *Lieb, süß, herzig*
Aus dem niederdeutschen Raum von *potsig* in der Bedeutung ‚sonderbar‘ abgeleitet und in der Bedeutung gewandelt. Angeblich wie *herzig* ein typisches „Frauenwort“.

Schmäh *Scherzhaft reden, Witze erzählen*
Kommt von *schmähen, Schmach,* hat aber im Österreichischen eher positive Bedeutung, auch wenn das ‚Lügen erzählen‘ oder ‚über jemanden herziehen, lachen‘ gleichfalls darin eingeschlossen ist. Vgl. auch *Schmähtandler* ‚Witzereisser, Witzbold‘. *Schmäh* kann elliptisch verwendet werden: *Schmäh!?* ‚Ist das wahr?‘ oder *Schmäh ohne!* ‚Ehrlich, glaub mir!‘

A Hetz haben *Sich lustig und ausgelassen unterhalten*
Herleitung von den barocken Tierhetzen als Volksvergnügen.

Lustig samma!

Gaudi *Spaß*
Von lateinisch *gaudium* ‚Freude, Spaß, Vergnügen'.

Hoagascht *Gespräch unter Nachbarn*
Siehe Seite 55. Pinzgauerisch und Pongauerisch. Der nachbarliche Plausch vor dem Haus. Lebt noch in Volkstums- und Brauchtumskreisen.

AUSSERGEWÖHNLICH UND ERSTAUNLICH

O mai(n), o mai(n)! *Ausdruck der Verwunderung, Verblüffung, Besorgtheit*
Möglicherweise für: ‚o mein Gott!'

Sakrisch! *Gewaltig, außergewöhnlich*
Herleitung von ‚Sakrament'. Ursprünglich ein Fluchwort.

Volle Wäsch! *Länge mal Breite, vollauf, mit hohem Tempo*
Noch ziemlich junge Redewendung und schon seniorensprachlich. Wahrscheinlich ohne Bezug zur „Wäsche".

Theresia Oblasser, Taxenbach

ECHTZEIT oda: wo samma denn

Entlong da Schnaöschtraoß
Riesnschwammal,
Henna duckn si ins Graos,
Hiaschn, Rehch und Füx.

Jaga mied da Bix,
Rössa vou an Loatawaogn,
mittn drei in Kreisvakeah
und Poppena aus Hei
in echtn Bauangwond
mied Rechn, Sasn, Saogn.

Oiss is echt
und oiss is heii,
s schteaiht a i da Zeiteng drei:
Dö Kassn stimman,
waos braucht s meah?

Massn kemman hea,
suachn den gonzn Hörröst long
a Ontwort
auf dö brennand Fraog:
Wea woi dö echtöst Ledahosn haot.

CD-Track 15

Auf großem Fuß leben

„Der lebt aber auf ziemlich großem Fuß!“

Diesen Ausspruch verwenden wir gerne, um den leicht ausschweifenden Lebensstil eines anderen zu kommentieren. Aber woher kommt dieses etwas eigenartige Sprichwort?

Es stammt aus dem 12. Jahrhundert. Damals lebte in Frankreich ein Graf von Anjou, der ein schlimmes Fußleiden hatte. Er konnte deswegen keine normalen Schuhe tragen. Aber er war immens reich und so ließ er sich Schuhe in XL-Größe mit kleinen lustigen Schnäbeln anfertigen.

Wow!

Bärig *Toll, großartig, überzeugend*
Auch in der Jugendsprache beliebt, obwohl es sogar Hansi Hinterseer zu seinem Wortschatz zählt.

Bomba, bombä *Voll cool*
Also etwas wie ein Bombenerfolg. *Des is ur bombä!*

Cool *Toll, angesagt*
Ein Paradewort der Jugendsprache. Steigerungsfähig zu *super cool, voll cool, total cool, urcool.*

Cosmo *Super, großartig*
Ableitung vom griechischen Wort ‚Kosmos, alles, All, das Allumfassende‘.

Dick geflasht *Überwältigend*
Von *flash* ‚blitzen‘, also ‚wie der Blitz einschlagend‘.

Fein, fein *Gut so*

Fesch *Super*
In ganz Österreich für ‚hübsch‘, in der Jugendsprache aber auch für ‚echt gut‘. Etwa: *Des is fesch gmåcht woan.* Von englisch *fashion, fashionable* ‚Mode, modisch‘.

Fett, phätt, voll phäett! *Super! Spitze!*
Die eigenwillige Schreibung macht *voll phäett* erst ‚echt Spitze‘.

Fetzig *Lässig, toll*
Häufig – aber nicht nur – auf Kleidung bezogen, die einen gekonnt (nach)lässigen, aber Eindruck machenden Stil vertritt.

Geigen *Einen tollen Eindruck machen*
Wow, des geigt!

Galaktisch *Super, genial*
Hier grüßt die Unermesslichkeit der Milchstraßen.

Geil, urgeil *Toll, super*
Das mittelhochdeutsche Wort *geil* hat einen interessanten Bedeutungswandel durchlaufen. Die ursprüngliche Bedeutung ‚fröhlich, lebensfroh, üppig‘ verschob sich zu ‚lebenslustig, lüstern‘ mit der Nebenbedeutung ‚fett, üppig‘, etwa: *A Schmåizkoch is*

Des is echt ...

Fescher Hås'

ma z geil. In der Jugendsprache hat sich das Wort wieder seiner mittelalterlichen Bedeutung angenähert.

Glu *Nett, lieb, toll*

Gwant, extrem gwant *Voll cool*
Von ,(sich) gewanden' leitet sich *gwant* ,geschickt, tüchtig, sympathisch' her. Es bezeichnet Personen, die ,ein gutes Auftreten, Erscheinungsbild haben', aber auch ,wendig, gewandt, geschickt' sind.

Korall *Schön*

Krocha *Super*
Stil der Jugendkultur in den Außenbezirken Wiens, der in ganz Österreich Nachahmung gefunden hat. Äußere Kennzeichen: Palästinensertuch, verspiegelte Sonnenbrillen und Turnpatschen.

Krönungsbedürftig *Super, Spitze*

Tropfig *Toll, nett, lieb*
Klingt klebrig, ist es aber nicht.

Wöd! *Umwerfend, atemberaubend*
Vermutlich von ,Welt(Spitze!)'.

Wonne! *Gut gemacht!*
Ein Kompliment für eine gelungene Aktion.

WAS AUFBAUT

A Aussireisser *Was einen aufrichtet, herausreißt*
Ableitung vom Verb *aussireiß(e)n* ,herausreißen'.

A gwante Partie *Eine gelungene Aktion*

A Hâmma *Spitze!*
Ein voller Erfolg, der wie mit einem Hammer einschlägt.

Kriagst an Daumen *Hast du gut gemacht*
Wörtlich: ,Du bekommst einen Daumen!' – in der Bedeutung: Du bist super!

Wonne! Des woas jetzt! *Das hat den Vogel abgeschossen! Das war gerade sehr lustig.*

SprichWörtliches

Wow!, – das machte was her! Seine adeligen Freunde machten Stielaugen und alle, alle wollten auch so megacoole Luxusschuhe. Ein neuer Trend war geboren und die Schuster arbeiteten Tag und Nacht. Die Adeligen aber zeigten, was es heißt, auf großem Fuß zu leben.

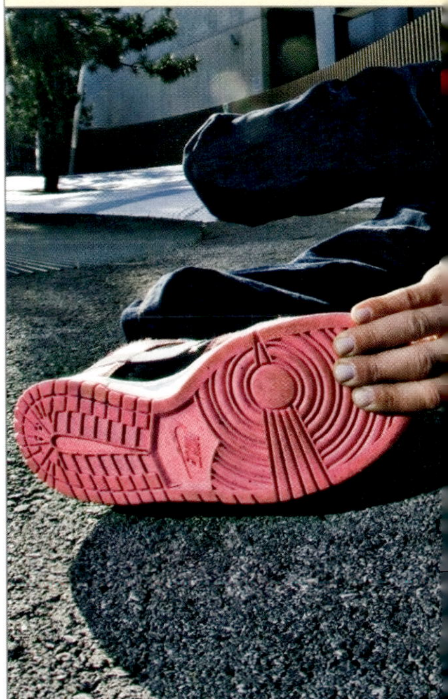

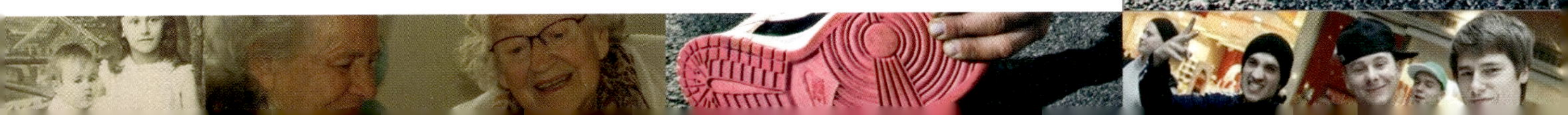

Schneckn

„Ojegele, ojegele!, das sagte meine Oma immer, wenn etwas schief ging."

„Mein Großvater wohnte bei uns und hatte eine eigene Kammer auf unserem Bauernhof. Abwechselnd musste ihm eins von uns Kindern das Essen hinaufbringen.

Wenn ich drankam, hatte ich immer eine Wut, weil er mit nichts zufrieden war. Es war ihm einmal das Kaffeehäferl zu voll und ein anderes Mal war das Brot zu hart usw. Er hatte immer etwas zu bemängeln."

SeniorInnen vom Ergotherapie-Gedächtnistraining Itzling

Schlecht drauf

Dasig (tasig) *Still, niedergeschlagen, schüchtern*
Von mittelhochdeutsch *daesic* ‚still, in sich gekehrt'; vgl. englisch *to daze* ‚betäuben'.

Fuaßdasig *Fußmüde*

Hantig *Bitter, herb*
Dieses typisch österreichische Eigenschaftswort wird zu griechisch *kentéō* gestellt. Kann auch auf eine Person bezogen sein: *A hantiger Teifi, a hantigs Waiwaleit.*

Påtschert *Tollpatschig, ungeschickt, unbeholfen*
Von *Påtsch(en),* aber auch: *Patsch(erl)* für ‚Hausschuhe, Pantoffeln'. Auch abwertend für eine unbeholfene Person. *So a dummer Påtsch! A årms Patscherl.*

Schlodrad *Schlott(e)rig*
Ableitung vom Verb *schlottern.*

Trenzert *Weinerlich*
Von *trenz(e)n* ‚weinen, schluchzen', ‚Tränen tropfenweise fallenlassend'. Vergleiche *trintsch(e)n* ‚sabbern'. In manchen Regionen gibt's das *Trenzbarterl* ‚Sabberlätzchen'.

Zrauft *Zerrauft*
Ungekämmt, mit wirrem Haar.

... WENN'S HÄFERL ÜBERKOCHT

Fuchtig *Wild, zornig*
Etymologie nicht ganz klar, vergleiche *fechten* ‚kämpfen, streiten' bzw. auch ‚fuchsteufelswild'.

Grantig; Grantscherm *Verdrießlich, übellaunig; Rappelkopf*
Vergleiche altdeutsch *greinen* ‚weinen' bzw. *grennen.* Zum Beispiel: *An Grant schiam* ‚übler Laune sein'. Oder *Grantscherm,* wörtlich: ‚Missmutstopf'. (Vergleiche: *Nåchtscherm; Scherm* in der Bedeutung ‚Topf', ‚Keramikscherbe'.)

Gschelat *Bockig, stur, eigensinnig*
Ähnlich wie bei *dickköpfig* und

starrköpfig geht dieses Wort auf *Schädel* zurück; daneben auch die Form *dickschädelert* oder eben nur *kschädelert* bzw. *gschädlert.*

G'schert *Ordinär, primitiv*
Vom Verb *scheren; G(e)scherte* waren bis in die Neuzeit Angehörige aus unterprivilegierten Schichten, die keine langen Haare tragen durften.

Huscha *Verrückt sein*
Du håst an Huscha! Nach Kluge eine lautmalerische Wortbildung. Siehe: *huschen* ‚sich lautlos bewegen'.

Låb *Schlecht*
Etymologisch verwandt mit ‚lau, mild'.

Plunder! *Blödsinn, sinnloses Zeug*
Eine Bezeichnung für ‚wertloses Zeug, Kram'. Ursprünglich stand *Plunderware* für ‚kleine Hausgeräte und Kleider'. Bedeutungsverschlechterung hin zu *Kram.* Vielfach aber in der Bedeutung ‚Unsinn, Blödsinn'. Z. B.: *Erzö koan Plunder!*

Schiach *Hässlich*
Von mittelhochdeutsch *schiech.* Das Wort gehört zu *scheu,* hat sich in der Bedeutung aber an das Adjektiv *schief* und das damit verwandte *schielen* ‚schief schauen' angelehnt.

Stuss! *Dummes Zeug, Blödsinn, dummes Gerede*
So ein Stuss! Hebräischer bzw. jiddischer Herkunft.

… ODER DIE WELT UNTERGEHT

Zwider(wurzn) *Zuwider, schlecht gelaunt sein; Z(u)widerling*
Wer an allem und allen etwas auszusetzen hat, wem nichts passt. Vgl.: *Des/der is mir voi zwider* ‚Etwas oder jemand ist mir äußerst unangenehm.'

Entrisch *Ängstlich, unheimlich*
Von mittel- und althochdeutsch *entrisch* bzw. *entrisc* ‚uralt, altertümlich'. *Mir wird ganz entrisch!* Mir ist ungeheuer, unheimlich zumute.

SprichWörtliches

Eulen nach Athen tragen

Wenn wir etwas völlig Nutzloses und Überflüssiges tun, hören wir oft: „Das kannst du sein lassen, das ist ja wie Eulen nach Athen tragen!" Woher kommt das?

Im alten Griechenland war die Eule das Wappentier Athens, in der ganzen Stadt fand man daher neben echten Eulen viele auf bildlichen Darstellungen. Auch die Rückseite der athenischen Münzen zierte die weise Eule, und das schon im 6. Jahrhundert vor Christus. Athen war also gesteckt voll mit Eulen, daher war es unsinnig, weitere nach Athen zu tragen.

Diese Redewendung hat sich über Jahrtausende gehalten. – Seltsam, nicht?

Die Lieblingswörter
aus der Kinderstadt

Kids bis 14

Mondsee **beknattert** eigentlich **cool** nein **ja** Hallo **oida** Qietschkäse **Schokopalatschinken** Reden **Freundschaft** Essen **So a Schmarrn** lachen **tanzen** Glück **Freude** Joh! **Danke** Natürlich nicht **Gleich** schön für dich **Bam oida** Liebe **Hatschi** Verdammt **Weiß** Süßigkeiten **Ferien** Schön **gwant** Fernseher **Psycho** Twilight **Yellow** Ski fahren **Auto** Fun **Geschwister** Mama **Lieb** Okay **Blatt** Schminkzeug **Freunde** Kirschenschmarrn **Friede** Genial **Blind** Ort **Mondsüchtig** Katze **Hey** Milchschnitte

Schlecht drauf

Vahunzt *Missraten*
Zum Wort *Hund* gehörig, ‚wie einen Hund behandeln'. Weiters ‚entstellen'.

Vawoadackelt *Entstellt, verworren, unverständlich*
Die gleiche Bedeutung haben die altdeutschen Versionen *verhunackeln* und *verheindackeln*. Vergleiche *vahunzt*.

DA SCHAUKELT SICH WAS AUF

Aufmucksen *Aufbegehren*
Variante zu *aufmucken*. Vergleiche *motzen* und *mucken*.

Sich echauffieren *Sich aufregen*
Entlehnt von französisch *échauffer* ‚erhitzen'. Gehobener Wortschatz bzw. heute noch scherzhaft für ‚sich erregen, erhitzen'.

Fotz, Fotz(e)n *Maul, Maulschelle, Grimasse*.
Vulgärsprachlich auch für ‚Vulva'. Zum Verb *fotzen* ‚Ohrfeigen austeilen' ergänzt sich *ausfotzen* ‚beschimpfen, eine schlechte Nachrede führen'. *Mai(n), der håt mi ausgfotzt.* Dagegen: *Der håt mi (åb)gfotzt.* ‚Er hat mir Ohrfeigen gegeben.' Und: *Tua nit Fotzn schnei(de)n!* ‚Verzieh das Gesicht nicht zur Grimasse!' Weitere Redensarten: *Hoit de Fotz(e)n!* für ‚Halt den Mund!' oder *Tuast Fotz(e)n betteln? Mågst a Fotz(e)n?*

Schelten *Schimpfen*
Veraltet, kaum noch gebräuchlich.

JETZT SETZT'S WAS!

Dåcht(e)l *Ohrfeige*
Vergleiche *dåhteln, åbdåchteln* ‚schlagen', ‚Ohrfeigen verabreichen'. Steigerungsmöglichkeit zu *Quadratdåchtel.*

Detsch(e)n *Ohrfeige*
Zurückzuführen auf das Zeitwort *tetschen, tatschen* oder *patschen,*

Tetschn, Watschn, Oane reibn

eine lautmalende Bezeichnung für ‚flachdrücken'. Vergleiche auch das deutlich freundlichere Verb *tätscheln.*

(Oane) reiben *Eine Ohrfeige verabreichen*
Wie vielgestaltig das Verb *reiben* ist, zeigt die Verwendung im Bronnerschen „Gschupften Ferdl": *Mitzi, reib ma s Messa aus da Tåschna!* ‚Mitzi, gib mir das Messer aus der Tasche!' Umgangssprachlich bis heute üblich: *Reib uma!* für ‚Gib mir!', ‚Gib her!' Eher scherzhaft: *Låss umawåchsn!* für ‚Reich mir herüber!'

Watsch(e)n *Ohrfeige*
Im gesamten südöstlichen Sprachraum des Deutschen verbreitet. Die Herkunft des Wortes ist nicht klar.

Die vielen Ausdrücke für den Tatbestand einer Ohrfeige lassen darauf schließen, dass gerade die ältere Generation dieses „Erziehungsmittel" entsprechend variantenreich kennen gelernt hat.

GEH', HUPF IN GATSCH!

Drah di! *Geh! Lass es! Verschwinde!*
Wörtlich: ‚Dreh dich um!'

Geh', hupf in Gatsch! *Hüpf in den Quatsch!*
Ironisch für: *Geh, hab mich gern!* Vergleiche das bekannte Lied von Georg Danzer.

Hutsch di! *Geh weiter! Mach Platz!*
Hutsch(e)n in der Bedeutung ‚schwanken, schaukeln'. Dazu auch ‚kriechen; wie ein Kind auf dem Hintern fortrutschen'.

Rutsch ma do'n Bug(e)l åbi! *Rutsch mir den Buckel hinunter!*
Im Wortsinn: ‚Du kannst mich gern haben'. *Bug(e)l, Buckl* ist das im Südosten des deutschen Sprachraums weit verbreitete Wort für ‚Rücken'.

Schleich di! Putz di! Zupf di! *Verschwinde!*
Unhöfliche Aufforderung, sich schnell und unauffällig zu entfernen.

Die Lieblingswörter
aus der Kinderstadt

Kids bis 14

Tier **Känguruh** Delfin
Vanessa Blume **Musik**
Natur **Sonne** Computer
Skaten Reiten **Fußball**
Banane

Alle Wörter sind schön ...

Best Agers ab 60

Eis **Bärchen** Schokolade
Freundschaft Bootsverleih
zauberhaft Zufriedenheit
Glück Gesundheit
Ich liebe dich Süßes
Schneller relativ **lesen**
bitte und danke **Safran**
Hummer **Obst** Ausflug
Frohes Schaffen Etuikleid
Fransenfrisur Pony

Übelst. Geburnt.

Spontane Sager

Das denken SeniorInnen über Jugendliche

Mir gefällt an ihnen...

... sie sind offen, wenn man sie anspricht. (w., 69)

... im Bus machen sie mir immer Platz. (w., 85)

... wenn sie a Gaudi haben, wenn sie lachen und Fußballspielen. (m., 68)

... wenn sie freundlich und hilfsbereit sind. (w., 86)

... wie selbstverständlich und kompetent sie mit elektronischen Geräten umgehen. (m., 75)

... ihre Spontaneität und Offenheit. (w., 83)

An Scheiss! *Nein!*
Eine absolut eindeutige Verneinung oder Ablehnung. Vulgärsprachlich.

Ånzipf(e)n *Ärgern, Unmut erregen*
Des/der zipft mi(ch) å(n). ‚Etwas/jemand stört mich, erregt meinen Ärger'. Vulgärsprachlich, nicht nur jugendsprachlich. Ableitung von *Zipf, Zipferl* ‚Penis'.

Ärgstens! *Schlimm, extrem arg*
Typisch jugendsprachlich ist die Steigerung zu Superlativen, die kreativ, aber grammatikalisch nicht immer korrekt sind.

Ausg(e)schiss(e)n håb(e)n, sei(n)
Unten durch sein
Der/die hat jetzt bei mir ausg(e)-schiss(e)n. Oder: *Der/die is bei mir komplett ausgschiss(e)n.* ‚Diese Person ist bei mir unten durch.'

Ausscheißen im Sinn von ‚ins Fettnäpfchen treten, einen Fauxpas begehen' ist neu und offensichtlich spezifisch jugendsprachlich.

Bock; null Bock; i håb kaan Bock
Keine Lust haben
Der *Bock* steht als Metapher für ‚Lust, Neigung, (sexuelles) Interesse'. Bemerkenswerterweise überwiegt bei weitem der sprachliche Gebrauch im negativen Sinn: *Null Bock.*

Gebirdet *Verrückt*
Der is jå total gebirdet. Von englisch *bird* ‚Vogel'.

Fai(e)n *Stinken*
Wörtlich ‚faulen'. *Das fäult mich an.* ‚Das stinkt mich an'. In Österreich allgemein umgangssprachlich, mit besonderer Häufung in der Jugend-sprache.

Fuck! *Scheiße! Verdammt!*
Internationalismus, der nicht auf Pubertierende beschränkt ist.

Gschmandig, schmandig *Ekelhaft, grausig*

Hater *Menschenfeind (neuer Art)*
Einer der alles und alle blöd findet

und schlecht macht. Von englisch *to hate* ‚hassen'.

Heavy *Arg, schwer*
Des wår für mi(ch) voi heavy. ‚Das war für mich eine schlimme Erfahrung, harte Prüfung.'

Net schern *Keine Lust, kein Interesse haben*
Wenn einem etwas egal ist. In der Bedeutung: ‚Ich schere mich nicht darum.'

Raidig, voi raidig *Wirklich sehr grausig*
Abgeleitet von ‚Räude, räudig'; hier mit Steigerungspartikel ‚voll'. Nicht spezifisch jugendsprachlich, sieht man von der Vorliebe Jugendlicher für Extreme und Extremes ab.

Ramig *Grausig, ekelig*

Schund, Schunté *Abfall, Scheiße*
Schunté wird auf der letzten Silbe betont und gehört daher zu den sprachspielerischen Neuschöpfungen, hier mit Anlehnung an das Französische. In dieser Ableitung auch: *Schundkanal* ‚Toilette'.

Turn *Antrieb*
Von englisch *to turn* ‚drehen'. *I håb kan turn.* ‚Ich bin schlechter Stimmung, freudlos, antriebslos.'

Übel, übelst *Ziemlich schlimm*
Typisch jugendsprachlich ist die Vorliebe für den unkonventionellen Superlativ.

Zaaach *Zäh*
In der Bedeutungserweiterung auf ‚anstrengend, schwer, mühsam' von Jugendlichen oft verwendet. Ähnlich auch: *Des zaht si,* ‚das zieht sich (in die Länge).'

„Die is bei mir komplett ausgschiss(e)n"

Spontane Sager

Das denken SeniorInnen über Jugendliche

Was mich manchmal an Kindern und Jugendlichen stört…

… wenn sie untereinander aggressiv sind, ihr Umgangston untereinander und das Handytelefonieren im Bus, wo sie Banalstes und Intimstes ausplaudern. (w., 71)

… die heutigen Kinder sind zu selbstbewusst für mich. (w., 65)

… die frechen Antworten. (w., 83)

… es ist alles so selbstverständlich. (m., 75)

SprichWÖrtliches

CD-Track 11

Schmutzige Wäsche waschen

Wenn Menschen ihre Probleme und Meinungsverschiedenheiten lautstark in der Öffentlichkeit austragen und dabei auch sehr private Dinge nicht aussparen, sagt man ihnen nach, dass sie „ihre schmutzige Wäsche waschen."

Das Sprichwort hat seinen Ursprung im Mittelalter, als die Waschmaschine noch nicht erfunden war. Die Frauen trafen sich also am Fluss oder am Brunnen vor den Toren der Stadt, um zu waschen. Im Winter wie im Sommer, es war eine mühsame Plage.

Übelst. Geburnt.

Broke; megabroke *Am Ende, (total) zerstört*
Von englisch *broken* ‚gebrochen'.

Dissen *Mobben, ausgrenzen*
Das Wort *dissen* ‚diskriminieren' ist entweder ein Kurzwort oder eine Neubildung zum Präfix *dis-* ‚auseinander' sein. Verwendung in der HipHop-Sprache und bei Wettkämpfen als Herausforderung.

Geburnt *Ausgelacht, verspottet, gedisst*
Anglizismus. Weckt die Assoziation zum gebrannten Kind, oder auch, schlimmer, zum Gebrandmarkten.

G(e)meiert *Verarscht, betrogen;* auch: *geschlagen*
Das gleiche Wort zeigt sich auch in *gelackmeiert* ‚hereingelegt', eine scherzhafte Kreuzung aus *gelackt* ‚hereingelegt' und *gemeiert* ‚betrogen'.

Link(e)n, link sein, g(e)linkt (sein) *Falsch, betrügerisch sein*
Von *linkisch, links* ‚linkshändig', abweichend von der rechten, rechts-händigen Norm. *Link mi ned! Hey, der håt mi(ch) g(e)linkt!*

„Oida, mach de Ritzn zua! Oda wüst kassiern?"

... UND DANN GIBT'S ZORES

Aufmana *Aufzeigen, aufbegehren*
Wörtlich ‚aufmeinen'. Auch: *mucken* ‚aufbegehren'.

Aufmotz(e)n *Angeben, aufbegehren*
Wüst aufmotz(e)n? Aber genauso: *Wahnsinn, ist das/der/die aufgemotzt!* Also ‚toll hergerichtet'.

Tschik aus da Pappn!

Fåin *Verlieren, Schläge beziehen*
Wörtlich: ‚fallen'. *Du fåist!* ‚Du kriegst Prügel!' Aber auch: ‚Du verlierst, steigst ab.'

Guff(e)n *Hauen, verprügeln, schlagen*

Gmåcht sei(n) *Fertig, erledigt sein, im Extremfall: kaputt, tot*
Vulgärsprachlich. *Gusch, sonst bist gmåcht.* Die Redewendung existiert in der Jugendsprache auch in ans Englische angelehnter Version: *gemaked.*

Hass(e)n *Hetzen, vertreiben*
Tiere, insbesondere Vögel *hassen,* um Eindringlinge aus ihrem Brutrevier zu vertreiben.

Kassiern *Einstecken, (Schläge) beziehen*
Wüst kassiern? ‚Suchst du Streit?' ‚Willst du Schläge?'

Måch de Ritz(e)n zua! *Halt den Mund!*
Daneben genauso gebräuchlich: *Gosch(e)n, Fress(e)n.* Nicht spezifisch jugendsprachlich, aber unter „bildungsfernen" Jugendlichen weit verbreitet.

Teis(e)n *Boxen, prügeln*
Abgeleitet von dem US-amerikanischen Boxer Mike Tyson.

Tschik aus da Papp(e)n! *Nimm die Zigarette aus dem Mund!*
Tschik ‚Zigarettenstummel, Zigarette' ist vulgärsprachlich; wie auch *Tschikarretierer* ‚Obdachloser, der Tschiks aufsammelt', *Häusltschick* ‚ein im Pissoir liegender, aufgedunsener Zigarettenstummel'; von daher die Redewendung, jemand sei *angesoffen wie ein Häusltschik.*

Tschik ist nichts spezifisch Jugendsprachliches, sieht man von der Neigung vieler Jugendlicher ab, mit vulgärspachlichen Ausdrücken ihre Unabhängigkeit zu betonen. *Papp(e)n* ist eine in Österreich verbreitete, umgangssprachliche Bezeichnung für das ‚Maul'; ähnlich: *Gosch(e)n, Fotz(e)n, Gau(n)d(e)l.*

Schmutzige Wäsche waschen

Aber sie versüßten sich die Arbeit, indem sie nicht nur die Wäsche reinigten.

Nach Strich und Faden wurde durchgehechelt, einmal kichernd, dann wieder entrüstet durchbesprochen, was in der Gemeinschaft nicht ganz fehlerfrei und makellos war.

„Sozialhygienisch verdienstvoll", so könnte man meinen. Oder aber: Typisch Waschweiber?

Das fällt mir noch zu »Schule« ein:

A Schlaferl auf Wolke sieben

Liaba was dawoat, ois wia darennt.

Dümpeln *Eintauchen, untertauchen, inaktiv sein*
Verb zum *Tümpel.* Vergleiche *grundln* für die Ente, die im Teich zur Futtersuche untertaucht.

Duseln, ei(n)dusln *Dösen, leicht schlafen*
Das zugrunde liegende Substantiv *Dusel* ‚Schwindel, Rausch, Schlaf' kommt aus dem Niederdeutschen. Wie *Dusel* die Sekundärbedeutung ‚Glück' erhalten hat, ist ungeklärt. Vielleicht vom Psalmentext: „Den Seinen gibt's der Herr im Schlafe."

Haitin *Schlummern, schlafen*
Vergleiche das bekannte Kinderlied mit den Zeilen „Heitschi bum beitschi, bum bum".

Es kam mit der griechischen Prinzessin Theophano, der schönen, zweiten Gemahlin Kaisers Otto I. (Sohn Ludwigs von Bayern) oder ihrem Kindermädchen nach Österreich. Eine Art kultureller Mitgift. Der Liedtext geht auf griechisch *Heude mou paidion* ‚Schlafe, mein Kindchen!' zurück.

Schlunz(e)n **1.** *Schlummern, ein Schläfchen halten*
2. *Ein unsolides Leben führen*
3. *Nachlässig gehen, schlurfen, sich schlaff bewegen.*

Siasln *Süß schlafen*
Geht wohl auf *süßeln* ‚süß schlummern' zurück.

Tramhapert *Verträumt, verschlafen*
Wörtlich *traumhäuptig* ‚den Kopf noch in den Träumen tragend'.

Schule

Chilly-lesson in der Lern-vollzugs-anstalt

Chillylesson *Schulstunde mit Entspannungsfaktor*
Zusammengesetzt aus englisch *chilly* ‚entspannend' und *lesson* ‚Lektion, Unterricht'.

Eule *Streberin*

Gehirnquäler *Lehrer*

Hirnrissbrigade *Dumme Schulklasse*

IQ auf Zimmertemperatur *Dumm sein*
Das wäre in der Übersetzung also ein Intelligenzquotient von etwa 20 bis 24.

Muttizettel *Schriftliche Erlaubnis der Eltern*

Pons sein; auch: Brockhaus sein *Allwissend sein*

Streberburg *Bibliothek*

U-Haft *Schule*
Ich hatte 9 Jahre U-Haft.

Volkstribun *Klassensprecher*

Wurzelgnom *Streber, Mathematiktalent*
Er löst die kniffeligsten Aufgaben und Rechenbeispiele. Sport dürfte allerdings nicht sein Fach sein.

X-Man *Mathematiklehrer*
Erprobt und sicher in der Handhabung von Formeln und (imaginären) Zahlen.

Schule

„In der Volksschule hatten wir eine sehr strenge Lehrerin. *Fingerklopfen* und *Knien auf dem Podium* gab es häufig.

Wenn man aufs Klo musste, durfte man das erst in der Pause. Dann stand man vor dem Klo Schlange. Wenn man aber das Pausenbrot in der Hand hielt, wurde man angeschrien: ‚Man geht nicht mit dem Brot aufs Klo!'"

Portrait

Julia

13 Jahre, Schülerin

Ich gehe ins Gymnasium Zaunergasse. Ich steh um sechs Uhr auf und bis ich fertig bin, ist es sieben. Da fahre ich dann in die Schule. Meistens habe ich sechs Stunden Unterricht, bis halb zwei. Hausaufgaben habe ich jeden Tag auf. Wie lange ich dabei sitze, hängt davon ab, ob ich sie alle mache oder nicht.

Wie sieht dein Schulalltag aus?

Mein Lieblingsfach ist Sport. Meine Hobbys sind Volleyball spielen, im Sommer Segeln oder Surfen und im Winter Snowboarden. Irgendwann möchte ich Bungeejumpen und Auto oder Motorrad fahren. Ich würde mich am ehesten zur Gruppe der Skater zählen. Mein Berufswunsch ist Architektin. Das heißt, ich hoffe, ich mache Matura und studiere dann.

Was bedeutet das Wort „Generation“ für dich?

Damit kann ich nicht viel anfangen. Es bedeutet für mich „alte Leute“. Und „junge Leute“. Keine Ahnung. Ich weiß nicht.

Welche Bedeutung hat Sprache für dich?

Sprache braucht man eigentlich für alles Mögliche, im Grunde für alles.

Welche Wörter sind in deiner Familie verboten?

Mit meinen Eltern rede ich respektvoller. Weniger provokant, ich verwende nicht so viele Schimpfwörter, die haben sie verboten. Wenn Jugendliche untereinander vulgär reden, dann ist das Gewohnheit. Vielleicht sind sie auch aggressiver als früher.

Was ist dein Lieblingswort?

„Scheiße“ und „steil“ verwende ich am meisten. Aber mein Lieblingswort ist „sexistische Kackscheiße“. Das hab ich mal in so einem Camp gehört. Ich sag es ab und zu. Jetzt nicht mehr so oft. Und „oida“. Das kommt oft vor. Es gibt eigentlich keine Wörter, die ich überhaupt nicht mag.

Was sollten ältere Menschen über dich wissen?

Vielleicht sollten alte Leute von mir wissen, dass ich nervig bin. Ja, ich bin ziemlich anstrengend, man wird verrückt, wenn man länger mit mir zusammen ist. Also, ich rege irgendwie alle auf. Ich rede die ganze Zeit. Ich nerv' halt einfach. Ich red' so einen Sch... zusammen.

Von Lehen

Ein Viertel schreibt Geschichte

Lehen wurde mit der **Eröffnung der Stadtbibliothek** 2009 um eine interessante Institution reicher und die **Vereine Spektrum und prolit** haben LehenerInnen verschiedensten Alters aufgefordert, diese mit einem besonderen Gruß willkommen zu heißen: Das Herausgeberteam präsentierte ein **144 Seiten starkes Buch** in einer Auflage von 1500 Stück, geschrieben von den Menschen, die in Lehen leben, mit Zeichnungen und Texten von Kindern, Portraits von Lehener „Originalen", Geschichten der Älteren, Statements von Jugendlichen, Erfahrungen von MigrantInnen und vielen Fotos – mitten aus dem Stadtteil.

Die Einbindung aller Altersgruppen und Nationalitäten ermöglicht, sich mit dem **Stadtteil in seiner Vielfalt** auseinanderzusetzen und von innen zu hören, was man von außen nicht erkennt.

BEGEGNUNGEN

„Lesen ist Abenteuer im Kopf"

Kinder- und Jugendbibliothek & Spielothek Taxham

Unter diesem Motto öffnete die erste eigene Kinder- und Jugendbibliothek Salzburgs 2007 ihre Pforten. Die Idee dazu hatte eine Seniorin; bei ihrer Suche nach geeigneten Räumlichkeiten ist sie am Abenteuerspielplatz des Vereins Spektrum fündig geworden.

Das Überraschende an der neuen Bücherei ist der Standort: Sie ist genau dort, wo Kinder und Jugendliche ihre Freizeit verbringen. Die gemütliche Bibliothek wartet mit mehr als 1500 Medien auf ihre Besucher/innen. Rund ums Ausleihen von Büchern und Spielen stehen soziokulturelle Aktivitäten am Programm: Spiel- und Lesenachmittage in Seniorenheimen, Lesenächte, Bilderbuchkinos, Vorlesestunden mit „Leseomas und Leseopas" oder Spezielles rund um Feste, Buchstaben und Interessantes aus fernen Ländern.

Portrait

Raphael

14 Jahre, Schüler

Also, ich finde meinen Tag, mit Schule, Hausaufgaben und Lernen, ziemlich stressig. Meine Lieblingsfächer sind Informatik, Sport und BE (Zeichnen). Das mache ich gerne, weil ich kreativ bin. Ich hoffe, dass ich die Matura schaffe, um meine Wunschausbildung zu machen, Webdesigner oder Physiotherapeut.

Welche Pläne hast du für die Zukunft?

Ich wünsche mir Erfolg, eine Wohnung oder später mal ein Haus, wenn es gut geht. Ich werd' in Salzburg bleiben. Ich hab nicht vor zu studieren, das kann man immer noch machen. Ich bin neugierig und offen für alles.

In welchen Gruppierungen oder Szenen fühlst du dich zuhause?

Ich versuche zwar, meinen eigenen Weg zu finden, aber ich gehöre eigentlich schon zur Skater-Gruppe. Man muss sich ja einer Gruppe anschließen, sonst ist man ganz allein. Skater relaxen viel und chillen. Sie haben längere Haare und meistens eine Kappe auf. In den Skateshops gibt es die dazugehörigen Marken. Das Skater-Motto ist „keep skate" oder „skate or die". Skaten heißt auch ehrgeizig sein. Jeder findet seinen eigenen Stil, aber dafür muss man halt üben, üben, üben. Ich treibe viel Sport - Fußball, Squash und gehe gerne schwimmen.

Hast du Lieblingswörter?

„Cool" und „geil". Was ich gar nicht mag, ist „oida". Ich finde das total idiotisch.

Was ist typisch für die Sprache von Jugendlichen?

Wir Jugendlichen reden sehr grob miteinander. Ich glaube, das war früher nicht so, da hatte man vielleicht mehr Respekt. Aber für andere hört es sich viel schlimmer an als für uns. Das Vulgäre ist irgendwie Trend und bei den Hippies hat es das auch gegeben. Man darf auch die Massenmedien nicht vergessen. Es gibt heute so viel im Fernsehen, die reden auch nicht jugendfrei.

Was bedeutet „Generation" für dich?

Es geht ums Erwachsenwerden und um Verhalten. In der Kriegszeit, glaube ich, ist man schneller erwachsen geworden als heute. Man hatte weniger Freiheit.

Was sollten ältere Menschen über dich wissen?

Dass ich ein höflicher Mensch bin, hilfsbereit, nett und eher still. Ich habe viele Freunde. Negativ ist, dass ich ziemlich faul bin. Da muss ich meinen inneren Schweinehund überwinden. Sonst: Dass es mir gut geht und ich mit meinem Leben zufrieden bin.

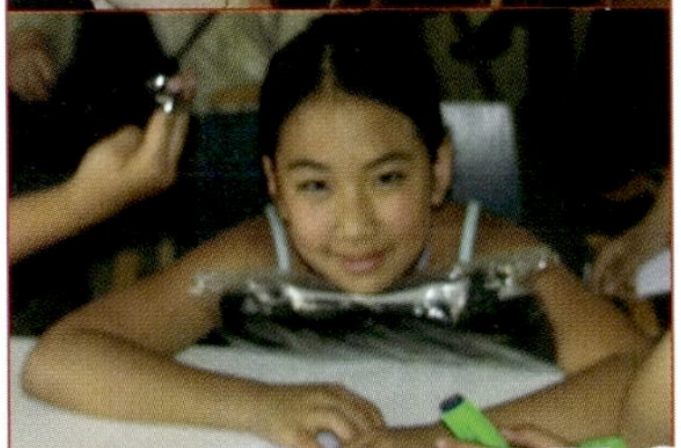

Generationenbingo
im Bewohnerservice Maxglan & Taxham

Das Bewohnerservice möchte **Jung und Alt so oft wie möglich zusammenzubringen,** beim Generationenbingo zum Beispiel. „Abhängen tut man Speck“, sagte eine ältere Dame, als es galt, die Bedeutung eines Ausdrucks aus der Jugendsprache zu enträtseln. Viele weitere Begriffe aus dem Bingo wie **abchillen, fetzig, oida** oder die **derrische Kapölln** sorgten für viele gemeinsame Lacher und AHA's und ließen 70 Jahre Altersunterschied vergessen. „Eigentlich hänge ich nur mit Gleichaltrigen ab, aber beim Generationenbingo wurden wir richtig ernst genommen, die ‚Alten‘ waren ja auch einmal jung!“, meinte ein Mädchen am Ende.

BEGEGNUNGEN

BewohnerService
→ Maxglan & Taxham

Technikgenerationen:
Bewohnerservice Itzling & Jugendzentrum Corner

Unterschiedliche Lebenswelten sind ein häufiger Grund für Generationenkonflikte – und gaben daher Anlass für ein gemeinsames Projekt des BWS Itzling & Elisabeth-Vorstadt mit dem Jugendzentrum Corner.

In drei Workshops **stellten Jugendliche älteren Menschen ihr Knowhow in technischen Fragen** zur Verfügung. Handys bedienen, SMS schreiben, mit dem Laptop arbeiten: Interessierte Senior/innen sahen, wie sie mit ihren Enkeln per Mail in Kontakt treten oder ihren nächsten Urlaub online buchen können. Am Ende des Projekts stand ein verbaler **Erfahrungsaustausch von Jung und Alt,** der auf Video festgehalten wurde.

Erinnerungen

Die Rote Elektrische

... war eine elektrisch betriebene Straßenbahn, die in Salzburg auf drei verschiedenen Strecken fuhr:

1. Salzburg – Berchtesgaden
2. Salzburg – Lamprechtshausen
3. Salzburg – Gaisbergbahn

Viele Kinder aus dem Salzburger Umland fuhren mit dieser Bahn in die Stadt und zur Schule.

Außi stech'n *Auf den See hinausfahren, ausfahren*
Von der ursprünglichen Bezeichnung für eine Bootsfahrt erweitert zu ‚ausfahren' im Allgemeinen.

Brock(e)n *Pflücken, abbrechen*
Für Beeren, Früchte und Blumen. Z.B. Preiselbeeren *(Grantn, Grangn),* Heidelbeeren *(Schwachzbee),* Himbeeren *(Moiban, Moiwan, Humbee, Imbee,* auch *Hindlbia),* Zwetschken *(Zwetschgn, Zweschpm)* usw. Zum Wortstamm *Brocken, Bröckerl* (Felsbrocken, ein Bröckerl Brot) gehörig, von dem sich das Verb *(ein)brocken* ‚in Stücke brechen und eintauchen' ableitet. Vergleiche auch: *Des håsta söwa ei(n)brockt* ‚das Problem hast du dir selbst zuzuschreiben!'

Buglkraxn *Korb, der auf den Rücken zu schnallen ist*
Die *Krax(e)n* ist als Tragegerät weit verbreitet, daneben war der *Rukorb* ‚Rückenkorb' in Verwendung. *Buugl, Buuge* oder *Buck(e)l* (im Gebirge) ist die bis heute übliche Bezeichnung für ‚Rücken'. Wörtlich: Rückentrage. Vergleiche *Bucklkrax(e)n tragen* ‚jemanden auf den Rücken nehmen und tragen'.

Ei(n)dechtln *Einfeuchten, einweichen*
Vor dem Waschtag wurde die Schmutzwäsche im hölzernen Waschtrog eingeweicht, damit sie dort quellen und sich der Schmutz lösen konnte. Dieses *Ei(n)dechtln,* das mit dem Siegeszug der Waschmaschinen verschwunden ist, wurde gewöhnlich den Kindern aufgetragen.

Fert(e)n, fächtn, fäschtn *Voriges Jahr*
Das weit verbreitete, gelegentlich noch auf dem Land gebrauchte *ferten* wird im Lungau als *fächtn* ausgesprochen, im Pongau bzw. Pinzgau als *fäscht(n).* Die gleiche Wurzel wie in *ferten* zeigt sich übrigens auch im *Firn,* dem ‚alten Schnee', ‚Schnee des vergangenen Jahres'.

Faischttåg *Feiertag*
Im Pongau und Pinzgau bis heute für den ‚Feiertag'.

Die (ein wenig) gute alte Zeit

Fotz(en)hobel *Mundharmonika*
Eher scherzhafte Bezeichnung, vergleiche *Fotz* ‚Mund, Maul'. Auf den Bauernhöfen, generell auf dem Land, war der Fotzhobel das Musik - instrument der Ärmeren, speziell der Dienstboten.

Göppel *Antrieb mit Zugtier*
Antriebsvorrichtung, bei der ein Pferd oder Rind an einer Stange im Kreis geht, um Energie zu gewinnen, einen Mahlstein zu bewegen oder Wasser zu schöpfen.

Häu(de)l *Gartenharke*
Werkzeug zum Lockern der Gartenerde, die dabei hauend bearbeitet wird.

Häuter, Haiterl *Bemitleidenswerter Mensch mit Behinderung*
Wörtlich zu übersetzen mit ‚arme Haut'. Solange es speziell auf dem Land an medizinischer Versorgung fehlte, gehörten Menschen mit körperlicher und/oder geistiger Behinderung zum Alltagsbild.

Hoagascht *Nachbarschaftliches Zusammensein vor dem Haus, auf der Hausbank.*
Von *Haim-* oder *Haingarten.* Das regelmäßige gemütliche Zusammensitzen der Nachbarn und Bekannten vor dem Haus zum Zweck des Austausches, der Unterhaltung. *Heit siggst a neamd mea, sitzn ålle im Auto oder vorn Fernseher.*

Hoiztrittling, Hoizschlapf(e)n *Holzschuhe*
Im Salzburgischen, im Salzkammergut, im Enns- und Steyrtal sowie im südlichen Oberösterreich wird eher *Trittleng* (zu: *treten, Treter)* oder *Tridleng* gesagt, statt *Schlapfen* für den ‚Holzschuh ohne Oberleder am Fersenteil'.

Iachta, Irda, Irschtag, Iritag *Dienstag*
Alte, im gesamten deutschen Südosten, auch in Österreich ehemals verbreitete Bezeichnung. *Iachta, Iachtåg, Iatåg, Iaritåg* geht auf den ‚Arestag' zurück, den Tag des griechisch-römischen Kriegsgottes Ares.

Erinnerungen an die Rote Elektrische ...

Frau Fuchs (SH Taxham) erzählte, dass sie als Kinder im Winter immer auf die Rote warten mussten.

Zum Zeitvertreib haben sie Schneebälle geformt und mit in die Bahn genommen. Wenn die Bahn aus dem Bahnhof hinausfuhr, direkt neben der Straße, haben sie versucht, mit den Schneebällen Radfahrer zu treffen.

Bei einem Treffer bückten sich alle. Sichtbar war nur da und dort der Bommel einer Winterhaube ...

Erinnerungen

„Unsere Uhr musste jeden Abend für die Nacht mit einem Tuch eingewickelt werden, damit sie in der Nacht nicht stehen blieb.“

„Rechte hatten wir keine, aber arbeiten mussten wir viel.“

„Kaffee und Kuchen gab es am Sonntag Nachmittag nicht, es waren aber alle froh, dass sie nicht arbeiten mussten. Urlaub gab es keinen.“

SeniorInnen vom Ergotherapie-Gedächtnistraining Itzling

Erinnerungen

Kråmp(e)n *Hacke*
T-förmiges Werkzeug zum Aufgraben; abwertend auch für ‚magere Pferde, Rinder‘ oder ‚grobe Menschen‘.

Loamgruam *Lehmgrube*
Am Bauernhof wurde Lehm volksmedizinisch für geschwollene Euter und sonstige Schwellungen bei Tier und Mensch angewendet. Also nicht nur zur Keramik- und Ziegelbrennerei.

Pfingsta *Donnerstag*
Im Südosten des deutschen Sprachraums (dazu gehört auch Österreich) wurde der Donnerstag als *Pfinztåg* (Varianten: *Pfingståg, Pfinzta* etc.) bezeichnet. Die Bezeichnung geht auf das Griechische zurück.

Bis heute beginnt die Woche im bäuerlichen, traditionellen, kirchentreuen Milieu mit dem Sonntag. ‚Fünf‘ im Griechischen lautet *pent-*, umgelautet wurde daraus im Lauf der Zeit *Pfinztåg* ‚der fünfte Tag‘. Heute nur mehr selten zu hören.

Schöbern *Heuhaufen machen*
Bezeichnung für das Anfertigen von *Schobern* oder *Schöbern* ‚Heuhaufen auf dem Feld‘. Vorrichtungen zum Heutrocknen waren: *Haimandl, Hiefler, Heinz(e)n,* später auch die *Schwedenreiter.* Das Wort ist mit der Tätigkeit nahezu verschwunden, Siloballen haben die *Schobern* und das *Schöbern* verdrängt.

Stöbern *Frühjahrsputz*
Vor Ostern wurde das Haus *gestöbert* ‚gründlich gereinigt‘. Unser Verb ‚etwas aufstöbern‘ knüpft da an.

Sechter *Melkeimer aus Holz mit einem Tragegriff, ‚Hohlmaß‘*
Mittelhochdeutsch, entlehnt aus lateinisch *sextarius* ‚Hohlmaß‘, für den sechsten Teil des römischen *congius.* Wie viele andere Gefäßbezeichnungen dient auch der *Sechter* als Schimpfwort für tölpelhafte, geistesarme Personen: *Wås håta denn wieda å(n)gstö(l)t, der Sechter!* Dabei ist der *Sechter* als

Schöbern, Stöbern, Sechter, Pfingsta

Schimpfwort Männern vorbehalten, *Sechterin* ist nicht gebräuchlich.

Schrod, Schroud *Balkon*
Alte Bezeichnung für den Balkon; wohl von den verschroteten Holzteilen, die dabei verwendet wurden. In Salzburg und Oberösterreich gebräuchlich. Im Land Salzburg findet sich auch der *Gang* für ‚Balkon'.

Weritåg *Werktag*
Geht zurück auf die Sprossvokalbildung: *Werich* ‚Werk'. Der Laut *ch* fiel ab, übrig blieb *Weri*. Analoge Lautentwicklungen auch bei *Milch* > *Mili, Berg* > *Beri.*

Wurzgart(e)n *Bauerngarten, Gemüsegarten*
Regional gebräuchlich. Bestimmungswort *Wurz* in den Bedeutungen ‚Kraut, Wurzel, Gewürz'.

Zutz(e)l, Lutschker *Schnuller*
Das Verb *zutz(e)ln* bedeutet ‚saugen', der *Zutzel* ist also ein Saugwerkzeug.

31 CD-Track

A Rap
Cookies and Applejuice

one take, two take ... Let's go!
Wir essen Kekse – neeeiiiiiin!
Wir trinken Apfelsaft.
Wir sind so voll, dass uns bald der Kragen platzt.
Keine Drogen – neeeiiiiin!
Keine Polizei – Polizeiiiii!

Wir sind brav, trinken sogar den Apfel-Chai.
Wir essen Cookies und Brownies, das auf jeder Party.
Die Weiber tun es auch, wenn ich sie an ihrem Haar zieh'.
Ich esse Kekse, bis ich fett bin so wie Hakan Abi.
Hakan Abi, wie ein Nazi
Keiner mag sie – Applejuice!
Seitdem ich – Applejuice trinke, kann ich nicht mehr rappen.
Nette Frauen find ich geil, so wie auf die Pferde wetten.
Mache damit mein Geld
auf der ganzen Welt.

Ich bin wie ein Held, wenn ich Apfelsaft trinke.
Bitte, bitte, was fuer'n Scheiss, ich kenne kein Doubletime.
Wir sind oeko-Rapper, bei uns gibt's nur den Appletime!
Wenn ich auf Cookies bin, hau ich jeden Rapper weg.
Ich bin ein wahrer Tschi und trinke alles auf ex.
Coooookies and Applejuice!
Coooookies and Applejuice!
Meld dich bei uns, wenn du Cookies und Aepfel suchst.
Beiss an meinem Cookie ab, ohhhjeahh!
Mit Mischung von kalter Milch macht sie dich gross und stark. ➛

Geld stinkt nicht

Das Sprichwort sagt: Egal, wo das Geld herkommt, Hauptsache es ist da.

Der Ursprung dieser Redewendung liegt im alten Rom. Der damalige Kaiser Titus Flavius Vespasianus (69–79 n. Chr.) führte eine Steuer auf öffentliche Toiletten ein, um die leeren Staatskassen zu füllen.

Diese Idee missfiel dem Sohn des Kaisers – Titus. Als die ersten Steuereinnahmen zum Kaiser gebracht wurden, ließ Vespasian seinen Sohn holen und hielt ihm einige Münzen unter die Nase. Auf die Frage, ob das Geld stinke, hat Titus natürlich den Kopf geschüttelt. Darauf soll sein Vater triumphierend ausgerufen haben: „Pecunia non olet!“ „Geld stinkt nicht!“

Ambivalenzen

Abchecken
1. *Testen, prüfen*
2. *flirten*
3. *mit jemandem Sex haben.*
Von englisch *to check.*

Abgehen
1. *Etwas los sein*
In Deutschland entstandene Floskel, die auf Österreich übergegriffen hat. Bald sind Ferien und *da geht's ab.*
2. *Geschehen, passieren*
Auch ein deutscher Sprachimport in Österreich. Ich vertschüss mich aus dem Chat. Lächerlich, was da *abgeht.*
3. *fehlen*
Urösterr.: *Du gehst mir total ab!*
4. *Eine Ejakulation haben*
Mir is ana mit ana Megamola åbgånga. Megamola:
‚Mega Morgenlatte'.

Anfuckn
1. *Beleidigen*
Fuck mi ned ån.
2. *Nerven*
Mensch, du fuckst mi ån!
3. *Anschreien*
Hey, fuck mi ned ån!

Aufmotz(e)n
1. *Angeben, aufbegehren*
Wüst aufmotz(e)n? – Das stößt auf Widerstand.
2. *Sich verbessern, herrichten, stylen*
Die Chicka is urgeil aufgmotzt.
‚Das Mädchen ist super gestylt.'

druck^i^s net, is die Party urgeil!

Drucken
1. *etwas nicht aushalten (vor Lachen, Freude);*
2. *etwas nicht ertragen (vor Ärger, Langeweile)*
I druck s ned. ‚Ich kann nicht mehr, ich halt es (vor Lachen, Freude) nicht aus.' Die Herkunft dieses

Sprachbildes ist ungeklärt. Die Bedeutungsambivalenz ist jedenfalls auffällig. *I druck de Schui net.* ‚Ich ertrage die Schule nicht, halte sie nicht aus.' *I druck s net, die Party is urgeil.*

Ei(n)foan
1. *(Etwas) tut gut, wirkt super*
Dabei kann es sich um Musik, Genussmittel aller Art, aber auch um Drogen handeln. *Der Song foaht guad ei(n).*
2. *Eine Schlappe, einen Misserfolg erleiden, betrogen werden*
Mit seine Fotos is er voi ei(n)gfoan.

Ficken
1. *Austricksen, linken, betrügen.*
2. *Gefickt sein. Erwischt werden.*
3. *Angefickt sein. Verärgert sein.*
4. *Abficken. Jemanden im Stich lassen.*

Jå, genau! *Das glaube ich nicht*
Sicher stimmt genau das Gegenteil.

Jå, na! *Das glaube ich nicht!*

A Rap
Cookies and Applejuice

Ich trinke meinen Apfelsaft, Apfelsaft, Apfelsaft!
Guck, was aus mir der Apfel macht, Apfel macht, Apfel macht!
Dank meinem Apfelsaft und cookie, bin ich breit gebaut,
ist der Vorrat leer, bin ich gezwungen, sie mir zu klau'n.
Du kaufst dir die Backspinjuice.
Ich kauf mir den Applejuice
und hab ich kein' zu Haus,
sperr ich mein Zimmer zu,
scheiss auf deine Kirschen, weil ich meinen Apfel brauch!
Denn ich habe alle Sorten, Pfanner, Happyday und Rauch,
ich esse meine Kekse, Kekse,
egal, was du noch redest,
trinke meinen Apfelsaft, solang ich lebe.
ohne cookies laeuft meine Welt eh verkehrt,
ich kriege alle Maedels ab, weil ?- ist nicht der Rede wert.
cooooookies and Applejuice
cooooookies and Applejuice
Meld dich bei uns, wenn du cookies und Aepfel suchst!
Beiss an meinem cookie ab, ohhhjeahhh!
Mit Mischung von kalter Milch macht sie dich GROSS und stark.
Wusneh, Wusneh
Wusneh, Wusneh
Wusneh, Wusneh
Bumschakalake Wusneh
Wusneh, Wusneh
Wusneh, Wusneh

Emrah Demir, Emre Yurt

»oida« für erwachsene Ohren

Kerstin, aufgeregt mit ihrem Handy hantierend, steigt in den Bus und wird ihrer Freundin Jessie ansichtig. Die zieht sich sofort die iPod-Stöpsel aus den Ohren. Mit dem untrüglichen Instinkt junger Mädchen erahnt sie, dass die aufgeregte Mimik ihrer Freundin nur eine in Kürze zu erwartende, unglaubliche Mitteilung bedeuten kann:

Schauplatz:
O-Bus. Wo Kids und Best Agers zusammentreffen.

Personen:
Kerstin (14), Jessie (15); ein mittelalter Herr mit Beobachterstatus.

Kerstin: Servas Jessie, oida, du oida, i muaß da was voll Geiles erzön, des schnallst net, oida!

Jessie: Servas Kerstin, wås oida!

Kerstin: Oida! De Gitti is mit'n Kevin z'samm!

Jessie: Oiiiidaaa, eeecht!

Kerstin: Echt, oida.

Jessie: Des is ja voi krass, oida!

Kerstin: Jå; voi oida.

Jessie: Oida, der is jå voi grintig, wie der scho ausschaut, oida!

Kerstin: Du, i muaß aussteigen, oida, wir funkn.

Jessie: Ciao, oida!

2 CD-Track

eine unvollständige Betrachtung

Der unbedarfte, etwas ältere Beobachter vergewissert sich nun, durch nochmaliges Hinschauen, dass die beiden eindeutig Mädchen sind. Nach seinem, noch in Zeiten der Political Correctness geprägten Empfinden war „oida" die etwas herabwürdigende Bezeichnung für das männliche Geschlecht. War dieses „oida" nun zu ersetzen durch „meine liebe, geschätzte Freundin"? Zugegeben, mit so einer, etwas langatmigen Anrede hätte die junge Dame ihre brandheiße Botschaft kaum bis zum Aussteigen unterbringen können.

Warum aber muss dieser Ausdruck gegenseitiger Wertschätzung derart oft bekräftigt werden? Das so unscheinbare Wörtchen scheint also ein Botschafter modernen Multitaskings zu sein. In dieser Situation wohl so in der Art: „Pass auf, meine liebe geschätzte Freundin, was ich dir jetzt sage!" Jessies Antwort mit einem lang gezogenen „oiiidaa" und der abschwellenden Modulation des nachfolgenden „eeeecht" wäre zu übersetzen mit: „Das kann doch nicht wahr sein, was du da erzählst, das glaub ich nicht, meine liebe geschätzte Freundin." Kerstins fast stakkatoartig hervorgepresste Antwort müsste daher in der Langfassung so lauten: „Das kannst du mir unbedingt glauben, meine liebe geschätzte Freundin, ich habe es aus zuverlässiger Quelle."

Keine Frage, die beiden jungen Damen hätten ohne dieses „vielsagende" Wörtchen wenigstens eine Stunde für ihre Unterhaltung gebraucht. Wer hat heute schon so viel Zeit zu verlieren? Gedankenverloren steigt der mittelalte Beobachter in einen anderen Bus, wo ihm ein „Was schaust denn so deppert, Oida!" entgegenschallt. Sollte das jetzt: „Mein lieber geschätzter Freund" heißen?

Christian Reisinger

Meine
Lieblingskürzel & Smileys

Auftritte

Aufbitchen, aufgebitcht *Eine Variante von aufmotzen, aufpimpen*
Von englisch *bitch* ‚Hündin, Hure'. Hat aber den ursprünglich sexual-chauvinistischen Charakter so ziemlich abgestreift. Am ehesten auf einer Ebene mit *sexy.*

Aufmotz(e)n, aufgmotzt
(Sich) chic und szenetauglich herrichten, zurechtgemacht sein

Ballern *Dumpf knallen, herumschießen, Eindruck machen*
Lautmalerischer Ausdruck, der vom mittelniederdeutschen *balderen* ‚dumpf klingen' hergeleitet ist. Vgl. dazu *Ballermann* für den ‚Revolver' sowie *Ballermann 6,* ein Strandlokal an der Plaja de Palma auf Mallorca. In der Jugendsprache bezeichnet *ballern* einen ‚starken Auftritt'. – *Die Chicka ballert vielleicht* ‚dieses Mädchen zieht alle Blicke auf sich'.

(Bam) oida! *Ausdruck des Erstaunens, aber auch der Zustimmung und Begeisterung.*
Bam ist lautmalerisch. Das Wort *oida* stammt von *Alter,* wobei der Laut *l* zu einem Vokal *i* wurde (wir sprechen von *l*-Vokalisierung, die in weiten Teilen Österreichs gilt).

Interessant ist, dass das Wort *Alter* in der Jugendsprache eine neue Funktion bekommen hat: Es wurde zu einer Gesprächspartikel, mit der u. a. ein Gesprächsbeitrag markiert und eingeleitet werden kann, mit der auch Zustimmung und eine hohe innere Beteilung zum Ausdruck kommt.

Diese Loslösung von der alten Bedeutung erkennt man daran, dass *åida/oida* (klein geschrieben wie andere Partikel) auch zu jungen und weiblichen Personen gesagt wird. Zu einem Mädchen müsste man eigentlich *åide* sagen – das gibt's aber nicht, weil *åida* zwar von dem substantivierten Adjektiv ‚Alter' herstammt, inhaltlich aber verändert wurde.

Die Super Auftritte Aaaus – das ballert!

Crazy *Verrückt*
Entlehnung mit Bedeutungsübernahme vom Englischen.

Da Hund! *Ausdruck der (nicht ganz neidlosen) Begeisterung*
Wenn jemand etwas Tolles macht, einen staunenswerten Erfolg hat.

Geigen *Einen tollen Eindruck machen*
Wow, das geigt!

Pimp, gepimpt *Auffrisiert, aufgemotzt*
Von englisch *to pimp* ‚verbessern'.

Thizzy *Sexy*
Aus dem Englischen, wo das Wort für einen knappen Slip, String, steht. Jugendsprachlich daher in der Bedeutung sexy, eh klar.

Geh hoam!
Phrase, wenn ein Scherz missglückt ist oder nicht gut ankommt.

Kürzel, Smileys, Facebook-Smileys

Laura Untner

„LOL, gg, xD, hdl…" – Diese Abkürzungen sowie Smileys findet man heutzutage in jedem SMS-Dialog oder Chat-Verlauf eines Jugendlichen und auch bei Erwachsenen.

Angefangen hat alles mit *lol,* was so viel heißt wie ‚lautes Lachen', von englisch *laughing out loud*. Das hat eine Lawine losgetreten und bald kamen die Emoticons dazu. Mittlerweile gibt es so viele davon, dass man sie gar nicht alle auf einer Seite auflisten kann.

Um das Ganze noch spannender zu machen, erfinden Jugendliche die ganze Zeit neue Abkürzungen und Smileys, um ihre Gefühle oder ihren Gemütszustand auszudrücken – das macht richtig Spaß.

Die Smileys sind meist 90° gedrehte Gesichter, die dem „Basis-Smiley" (☺) ähneln. Emoticons sind kleine Piktogramme, die Emotionen ausdrücken und Schreibzeit sparen. Abkürzungen sind Beschleuniger und bestehen meist aus den Anfangsbuchstaben der Wörter (z.B. GG – großer Grinser).

Um euch das Entziffern der Kürzel und Emoticons zu erleichtern, werde ich euch auf den folgenden Seiten die am häufigsten verwendeten Abkürzungen (Eingabezeichen) auflisten:

Codes

Kürzel

LOL	**Total gelacht / Laughing out loud**
BML	Bist mein Leben
ROFL	**Sich vor Lachen zerkugeln / Rolling on the floor laughing**
ODKM	Ohne dich kein mich
HDL	**Hab dich lieb**
xD	Mit zugekniffenen Augen lachen
KC	**Keep Cool**
HDGDL	Hab dich ganz doll lieb / Hab dich gedisst, du Loser
BDAB	**Bist die Allerbeste**
WABF	Weltallerbeste Freundin / We are best Friends
BB	**Bye Bye / Bis bald**
BG	Bis gleich
BD	**Bis dann**
BM	Bis morgen
CU	**See you / Bis dann**
LD	Liebe dich

Bast *Passt, in Ordnung, alles okay*
Ellipse für *es passt;* Jugendliche lieben verfremdende Schreibungen. Dazu gehören *bast* und *paaast.*

Fjedn *Auf jeden Fall*
Kürzel

Haut schon *Geht in Ordnung, geht klar*
Kürzel von *hinhauen* ‚in Ordnung gehen'.

Jup! *Ja!*
In der jungen Generation als Ausdruck der Zustimmung weit verbreitet.

Ohne Scheiss! *Ernsthaft, tatsächlich*

SICH UNTERHALTEN

(Sich) abpecken *Heftig lachen*
Gehört zum Verb *pecken, picken* ‚mit dem Schnabel hacken'. Ein verbreiteter Regionalismus, beliebt in der Jugendsprache. *Mir håm uns total åbpeckt.* Machten schon die älteren Generationen, als sie jung waren.

Gaudln *Lustig sein, Spaß haben*
Gehört zum Nomen *Gaudi,* von lateinisch *gaudium* ‚Freude, Spaß'.

Schmallern *Reden, erzählen*
Kann auch negative Bedeutung annehmen: Substanzlos daherreden, Gerüchte weitergeben.

DURCHBLICK

Abchecken *Prüfen, durchschauen, verstehen*
Das Verb *checken* stellt eine Entlehnung aus dem Englischen dar; wie bei *chillen* mit semantischer Eigenentwicklung (eben nicht nur ‚prüfen', sondern in Folge davon auch ‚verstehen'); dazu kommt die Ableitung mit Präfix *ab-: abchillen, abtanzen, abchecken. Du checkst des voi åb!* ‚Du verstehst das total!'

CD-Track 3

Junge Code-Kommunikation

BITTEN UND FORDERN

Anweinen *Um einen Gefallen bitten*
Wein' mi net ständig an!

AUF DISTANZ GEHEN

Aber Kaaarl! *Ausdruck der Entrüstung*

Auf keinsten, fkeinen *Auf keinen Fall*
Eigenwilliger Superlativ und Kürzel, das ist typisch jugendsprachlich.

Auf Krise sein *Zurückhaltung üben, geizig sein*
Die gibt nix her, die is voll auf Krise.

Bewirtungsresistent *Unzugänglich für Einladungen*
Ironische Anlehnung an den sterilen Sprachstil „politisch korrekter Ausdrucksweise“.

Ciös *Ein Ausdruck der Entrüstung*
Tschösch gesprochen.

Kauf dir Freunde! *Hau ab und lass mich in Ruhe!*
Ein deutscher Sprachimport.

Mööp *Nerv (mich) nicht!*
Gleichfalls: Made in Germany.

STRESSIG

Arsch verlieren *Angst haben, sich bloßgestellt fühlen*
Bei der Prüfung hab ich voll den Arsch verloren.

Flash! *O Schreck!*
Von englisch *flash* ‚Blitz‘.

IRONIE UND ZWISCHENTÖNE

Cremig *Ruhig, gelassen*
Bleib schön cremig! ‚Bewahre die Ruhe!‘ Siehe *gschmeidig*, S. 66

Durchschicken *Jemand auf den Arm nehmen*
Sie hat den Bauernstyler voll durchgeschickt.

Kürzel

WTF	What the fuck
FTW	**Fuck the what / For the win**
I-wie	**Irgendwie**
I-wo	Irgendwo
4U	**Für dich / For You**
TL8	Zu spät / Too late
G	**Grins**
GG	Großer Grinser
GN8	**Gute Nacht**
WG	Wie geht's? / Wohngemeinschaft
K / KK	**Okay / Alles klar**
KA	Keine Ahnung
KP	**Kein Plan / Kein Problem**
KB	Kein Bock
LG	**Liebe Grüße**
MOM	Moment
OMG	**Oh mein Gott**
SRY	Sorry / Entschuldigung
THX	**Thanks / Danke**
U	You / Du
W8	**Warte!**

Codes

Smileys

: -)	**Grinser**
O:)	Engel
-/-	**Bin total fertig**
(OIO)	Nackter Hintern
!:-x	**Geheime Idee**
;)	Zwinkern
:-))	**Ich lache heftig**
: - x	Ich küsse dich
: - p	**Ich strecke dir die Zunge raus**
: - /	Ich bin unentschlossen
:-(	**Ich bin unglücklich**
:'(	Ich weine
B-)	**Ich bin cool**
: o	Ich schreie
<3	**Herz**
xD	Mit zusammen gekniffenen Augen lachen
_	**Große Augen machen**
C:	Großer Lacher

Gschmeidig! *Cool, ungerührt*
Bleib schön gschmeidig! ‚Reg dich nicht auf! Bleib locker!'

Intelligenzallergiker *Dummkopf*
Sprachspielerische Neuschöpfung.

(Nicht der) Herold sein *Was weiß denn ich? Keine Ahnung!*
Bin ich der Herold? Verweis auf die gelben Seiten des Branchenverzeichnis-Herausgebers Herold.

Jå, fåst! *Ironische Verneinung*
Im Sinn von: ‚Das glaubst du doch selber nicht!'

Peripher rangiern *Egal sein, sich um etwas nicht kümmern/scheren*
Des rangiert mich peripher. Rangieren in französischer Aussprache.

FÜLLWÖRTER

Bam!
Natürlich meist ergänzt um das unverzichtbare *oida.* Siehe S. 62

Deine Mutter!
Bei Emotionen aller Art

Oida!
Betont, unterstreicht das Gesagte. Besonders in Verbindung mit *bam!*

ABGEKÜRZT

ABF *Allerbeste Freundin*

Bahnhof *Ich verstehe gerade gar nichts*
Ältere, von den Jugendlichen neu entdeckte Redewendung, die wahrscheinlich aus der Soldatensprache des 1. Weltkriegs stammt. Soldaten, die nur Bahnhof verstanden, waren kriegsmüde und wollten nur mehr heim zum ersehnten Fronturlaub.

Wenn jemand nur Bahnhof versteht, ist jegliches Gesprächsthema, jede Verständigung unmöglich geworden.

Bimo *Bis morgen*

Junge Code-Kommunikation

End *Einfach nur dumm*

GmBh. *Geh mir Bier holen!*

Ha(n)? *Was (meinst, willst du)?*
Im gesamten Südosten des deutschen Sprachraums gebräuchliche Kurzform für ‚Wie meinen?', ‚Wie bitte?'

Gool *Geil und cool*

Idi *Idiot*

KP *Keine Ahnung, ohne Plan*
Schreibung auch als *kaan Plan.* Beliebt beim SMSen. Auf die Anfrage: „Was machst du?" kommt zurück: KP.

Ma he! *Du nervst (mich)!*

Ssssisss denn? *Was ist (denn los)?*
Ausspracheökonomisierung: Was ist denn › *(wa)sis(tde)n › siisn?* Eine auffallende, normabweichende Schreibung, die eine Konsonantenhäufung ergibt.

Ü sein *Überflüssig sein*
Sprachkürzel. Kommt oft als Aufforderung: *Du bist hier völlig ü!*

SPRACHSPIELERISCH

Erzeugerfraktion *Eltern*

Duschlampe *Du Schlampe!*

Sche pass *Spaß*
Scherzhafte Anlehnung an das Französische.

Sche beuert *Bescheuert*
Spielerisches Silbenverdrehen ist ein Merkmal der Jugendsprache.

Schunté *Abfall, Schund*
In Anlehnung an das (feine) Französisch auf der letzten Silbe betont.

Schweiß *Ich weiß*

Stop her! *Schau her! Komm her!*

Universaldilettant *Null, Nichtskönner*

Facebook-Smileys

:)	**Fröhlich**
: D	Sehr fröhlich
;)	**Zwinkernd**
^_^	Selig
>:o	**Lachende Augen**
: 3	Katzenlächeln
>:-(	**Wütend**
: (	Traurig
:' (	**Weinend**
: o	Geschockt
8)	**Naseweis**
8-|	Cool
: p	**Zunge raus**
O.o	Ach ja??
-_-	**Depp**
:/	Naja
3:)	**Teufel**
O:)	Engel
<3	**Herz**
:*	Kuss
:v	**Pacman** *(PC-Spiel)*
:|]	Roboter
:putnam:	**Komischer Typ**
(^^^)	Haifisch

CD-Track 21

Jenisch

Meine Lieblingswörter aus dem Jenischen

Das Jenische ist eine sprachliche Varietät, die vorwiegend auf süddeutschem und französischem Gebiet entstanden sein dürfte, und zwar in unterschiedlichen sozialen, regionalen und zeitlichen Ausprägungen. Die „Jenischen", auch als „weiße Zigeuner" bezeichnet, konnten als Ethnie nicht eindeutig zugeordnet werden. Aufgrund sprachlicher Merkmale wurde u. a. eine Verwandtschaft mit den Kelten vermutet, die aber möglicherweise nur ein Mythos ist. Heute gibt es ca. 500.000 SprecherInnen des Jenischen in Deutschland, Österreich, der Schweiz, in den Beneluxstaaten und in Frankreich. Etwa 35.000 davon leben in Tirol, im Mühl- und Waldviertel sowie im Burgenland, rund 3.500 sind nicht ortsfest.

Wirft man einen Blick auf Struktur und Wortschatz des Jenischen, offenbart sich ein Zusammenhang mit mehreren anderen europäischen Sprachen, aus dem sich auf eine lange, eigenständige und komplexe Geschichte schließen lässt. Es weist im Grundwortschatz Parallelen zu keltischen Sprachen auf (vgl. jenisch *ferne* ‚Hand', *kibes* ‚Kopf', *glis* ‚Milch'), es gibt Entlehnungen aus dem Hebräischen und Jiddischen (vgl. jen. *chochem* ‚gescheit, klug' – hebr. *chochem* in gleicher Bedeutung) und außerdem germanische und romanische Hintergründe (vgl. jen. *schlußement* ‚endlich' aus dt. *schluss* + rom. Suffix *-ment)* sowie einige wenige aus dem Romani angepassten Wörter. Die sprachlichen Hinweise lassen auf einen engen Kontakt zwischen Jenischen, Juden, Roma und Sinti schließen, die vielfach ähnlichen Erwerbstätigkeiten nachgingen und eine ähnliche Lebensart pflegten.

Häufig wird Jenisch auch mit dem Rotwelschen verknüpft (oder auch gleichgesetzt), das als „Bettler- und Gaunersprache" bekannt ist. Die beiden Sprachen sind jedoch klar zu trennen. Soziokulturell besteht aber sicherlich eine Verbindung. Alle Angehörigen des fahrenden Volkes und ihre sesshaften Nachfolger hatten mit Marginalisierung, Stigmatisierung und Kriminalisierung zu kämpfen.

als Input für die Jugendsprache

Heute definieren sich jenische Menschen nicht über ihre jenische Sprachkompetenz, sondern vorwiegend über verwandtschaftliche, familiäre und kulturelle Verhältnisse. Lediglich in der Schweiz gilt das Jenische als eine anerkannte Minderheitensprache. Andernorts überlebt Jenisch oftmals die Generationensprünge nicht. Dafür eröffnen sich neue Wege: Viele jenische Wörter, Ausdrücke und Wendungen finden Eingang in die Jugendsprache, so auch in Salzburg. Wenn man genau hinhört, ist das Jenische auch hierorts im Alltag zu entdecken.

BEISPIELE AUS DEM JENISCHEN

nasch ma 'gehen wir'

buttn 'essen'

schmallern, schmaddern 'reden'

tschurn 'stehlen'

schwechen 'saufen'

dewan 'rauchen'; dewerling 'Zigarette'

gschutzt 'dumm'

Schund 'Kot', gebraucht wie umgangsprachlich 'Scheiß'

gwant 'gut, super'

Julia Reichl

QUELLEN:

Hirsch, Jakob (2006): Handout zum Referat Jenische Ausdrücke im Sprachgebrauch Salzburger Jugendlicher. Universität Salzburg, Fachbereich Linguistik, 2006.

www.luetzenhardt.de (Inoffizielle Homepage des Ortsteiles Lützenhardt der baden-württembergischen Gemeinde Waldachtal von Franz Schweizer).

www.wikipedia.org/wiki/Jenische_Sprache (Allg. Informationen zur Jenischen Sprache).

Meine Lieblingswörter aus dem Jenischen

Damals...

Haushalt und Wohnen

„Es war bei meiner Großmutter so kalt, dass der Nachttopf einfror.“

„Wir hatten einen Ziegelstein, den legten wir auf die Glut im Herd, so dass er erhitzt wurde. Dann wurde er in ein Tuch gewickelt und wir nahmen ihn zum Wärmen der Füße.“

„Wir hatten nur Küche und Zimmer. Als ich mir später einen Serviertisch kaufte, sagte meine Mutter: ‚Den wirst du nie brauchen, weil du nie ein Wohnzimmer haben wirst.‘“

SeniorInnen vom Ergotherapie-Gedächtnistraining Itzling

Haushalt & Wohnen

Abort *Toilette*
Früher eine häufige Bezeichnung für das stille Örtchen, das Klosett. Das Wort hat *Abtritt* abgelöst und ist wörtlich als der ‚Unort‘, ‚ganz abgelegene Ort‘ zu verstehen. Stand in unseren Breiten mit dem *(Scheiß-) Häusl* in Konkurrenz.

Bömi *1. Stock*
Diminutiv zu *Bo(de)m*. Die Aussprache *Bom* ist in den nördlichen Teilen Salzburgs und darüber hinaus gebräuchlich für ‚Boden‘. Neben *-l, -al, -erl* ist auch *-e* ein Diminutivsuffix. Wörtlich daher ‚Bödelein‘. In vielen Dialekten wird der obere Stock, vor allem das obere Vorhaus, als *fleedsboom* bezeichnet.

Kåmmer *Schlafzimmer*
Heute in dieser speziellen Bedeutung kaum noch gebräuchlich. Ableitung von lateinisch *camera* ‚(Zimmer mit) Gewölbe‘.

Speis *Speisekammer*
Der moderne Wohnbau für Familien mit berufstätigen Frauen und von Müttern mit Freizeitansprüchen, moderner (Kühl-)Technik und geringer Vorratswirtschaft, hat die *Speis,* einen ‚Kühlraum ohne Kühlschrank‘, ins geschichtliche Aus befördert. Bald danach blieb auch von der *Küche* nur mehr die Schrumpfform *Kochnische* übrig.

SAUBERMACHEN

Åmper, Emper *Eimer, Kübel*
Von mittelhochdeutsch *einber, eimber, eimer, ember* ‚Gefäß mit einem Griff‘. Im Gegensatz zur *Amphore,* griechisch *amphoreús,* die ein ‚doppelhenkeliges Gefäß‘ bezeichnet. Kluge vertritt die Auffassung, dass die Bezeichnung *einber* in althochdeutscher Zeit volksetymologisch umgedeutet wurde zu *eim-bar* ‚Ein-Trage‘.

Auf *amphora* geht auch lateinisch *ampulla* ‚kleine Flasche‘ zurück, das sich in unserem Wortschatz als *Am-*

pulle und *Ampel* erhalten hat. Bei der *Verkehrsampel* denkt wohl kaum jemand an den Ursprung des Wortes, dieser ist aber nicht anzuzweifeln.

Båschtwisch, Båchtwisch, Båachtwisch *Handfeger, Bartwisch*
Ersteres im Pongau und Pinzgau, zweiteres im Lungau und drittes noch vereinzelt im Flachgau gebräuchlich. Mit *Bart* sind natürlich die Naturborsten gemeint, die einst jeder Handbesen aufwies.

Fichta, Firta, Fischta, Fiada *Fürtuch, Vortuch, Schürze*
Kann ein blauer Fetzen als Arbeitsschurz sein, eine Arbeitsschürze oder feine Dirndlschürze. Die Salzburger Varianten reichen von *Fischta* (Pinzgau, Pongau) über *Firda, Firta* bis zum *Fichtach* (Lungau).

Lavor, Lavour *Waschschüssel, Waschbecken*
Aus dem französischen Wortschatz zu Zeiten entlehnt, als dies noch prestigeträchtig war.

Waschrumpel *Waschbrett*
Regionale Version aus dem waschmaschinenfernen Zeitalter der Wäschermädln, Wäscherinnen und Waschweiber.

IN DER KÜCHE

Gatzl *Schöpflöffel*
Regionale Bezeichnung, vom italienischen *cazza* ‚Zinnlöffel, Schöpflöffel'. Als Kesselflicker waren italienische oder romanische Handwerker im deutschen Sprachraum unterwegs. Die Bezeichnung *Gatzlmacher* ‚Löffelmacher, Kesselflicker' wurde dann spöttisch auf die „Welschen", die romanischsprachige Bevölkerung, ausgedehnt. Die nachträgliche Anlehnung an die *Katze* verdeutlicht, wie abwertend diese Bezeichnung ist.

Hächt *Herd*
Regionale Aussprache. Im Lungau wird *r* vor *t* bis heute als *ch* ausgesprochen.

Haushalt & Wohnen

Erinnerungen

„Wir waren so viele Kinder und mussten daher alle zu zweit in einem Bett schlafen. Das gefiel uns, denn der Schlafraum war nicht geheizt. Er hatte im Boden ein Loch, im Raum darunter wurde tagsüber geheizt und die Wärme stieg herauf. Wir konnten uns zu zweit im Bett wärmen."

„Sich regen bringt Segen."

„Spare in der Zeit, dann hast du in der Not."

„Sonntags Kirchengehen. Nicht vorlaut sein oder zurückreden."

SeniorInnen vom Ergotherapie-Gedächtnistraining Itzling

Häferl, Häf(e)n *Gefäß, Schale, Trinkgefäß*
Geht auf eine indoeuropäische Wurzel **kap-* ‚fassen' zurück. In der Umgangssprache *Häfen* und *Häferl, Haferl* als Verkleinerungsformen. *Häfen* für eine ‚Kasserolle, einen (flachen) Topf mit Stiel zum Braten'. Auch als Dialektwort für ‚Gefängnis'.

Hangerl *Geschirrtuch*
Mit einer namengebenden Schlaufe zum ‚Aufhängen'. Seltener: ‚Kinderlätzchen'.

Målefe(l) *Kochlöffel*
Im Norden des Landes Salzburg verbreiteter Dialektausdruck, wörtlich: ‚Machlöffel'.

Rei(n) *Flache Pfanne, niedriges Kochgeschirr*
In Österreich häufig als Diminutiv: *Rei(n)dl.* Bekannt auch der *Reindling,* eine Germteigspeise, die in der *Rei(n)* zubereitet wird. Etymologie: aus spätmittelhochdeutsch *rein* und *reindl* mit gleicher Bedeutung.

Spaghetti-Preis *Günstiger Preis, billig*

Tajer, Taler *Teller*
Ältere Form für den Teller, jeweils entlehnt aus dem italienischen *tagliere* ‚schneiden'.

SCHLAFGELEGENHEITEN ...

Kanapee *Sofa, Liege, Himmelbett*
Früher für Sofa gebraucht, in der ursprünglichen Bedeutung aber ein Himmelbett (mit Mückenschleier).

Über das griechische *konopeion* und lateinisch *konopeum* kam es über eine mittellateinische Form (mit der Bedeutung ‚Moskitonetz, Baldachin') und französisch *canapé* zu uns. Die Griechen haben diese mit Moskitonetz versehene Liegestatt schon bei den Ägyptern kennengelernt und übernommen.

Der Gegenstand (wenn jetzt auch ohne Mückennetz) wie das Wort sind demnach uralt und waren vor ein,

So sagten wir
bei uns zu Haus

zwei Generationen noch geläufig. Beliebt war der Spruch: „Fräulein Zizipe liegt am Kanapee und reckt an Arsch in d' Höh'."

Lotterbett *Sofa*
Der *Lotter* (auch *Loder)* ist eine verbreitete Bezeichnung für ‚Mann, Kerl', auch im negativen Sinn als ‚unheimlicher Mann'. Verwandt mit *verlottern.* Gehört zu mittelhochdeutsch *lot(t)er* ‚locker, leichtsinnig'.

Ein *Lotterbett* bezeichnete daher ursprünglich ein altes, etwas schlampiges Bett, das von einem Liebespaar benutzt wurde. In unserer Gegend auch für ‚Sofa' gebräuchlich.

… UND BEQUEMER ZUBEHÖR

Boschamperl *Nachttopf*
Von *Potschamperl* aus französisch *pot de chambre* ‚Zimmertopf'.
Bis um 1950 waren in Österreich noch viele französische Ausdrücke im Umlauf, *Trottoir, Plafond, Paraplui, Parasol, Perron, Etagere* und viele andere. Diesen Platz haben nach und nach Anglizismen eingenommen, die häufig nicht einmal „richtiges" Englisch sind.

Kåche, Kachai *Nachttopf*
‚Kleiner Kachel'. In der Schweiz und im Südosten des deutschen Sprachraums, auch in Österreich, ist *Kachel* eine ‚Schüssel, ein Topf (aus Steingut)'.

Im Dialekt erhalten blieb die Bedeutungsvariante ‚Nachttopf'. *Kåche* in der Größe für Erwachsene, *Kachai* für das Format eines Kinderpopos. Das Diminutivsuffix *-ai* ist in Salzburger, oberbayrischen und Innviertler Dialekten heimisch. Auch zur Verkleinerung von Namen: *Hansai, Seppai, Franzai* ‚Hänschen, Sepperl, Fränzchen'.

Galosch(e)n *Gummischuhe, später auch: Hausschuhe*
Von lateinisch *gallicula (solea)* ‚gallische Sohle' über französisch

Påtschn, Kesl, Firlefanz

Haushalt & Wohnen

galoche bei uns eingebürgert. Die Bezeichung für diesen ‚Überschuh aus Gummi', der in der nassen Winterzeit von Männern und Frauen getragen wurde, hat eine neue Bedeutung angenommen: ‚ausgetretene, alte (Haus-) schuhe'.

Påtsch(e)n *Hausschuhe, Pantoffeln*
Auch als abwertende Bezeichnung für einen ungeschickten, hilflosen Menschen. Diminutiv: *Patscherl.*

Vergleiche *Schlappa, Schlapp(e)n* ‚Pantoffel(n)' für den bequemen Hausschuh. Gehört zur Wortfamilie von *schlaff:* ‚Schuh, der locker am Fuß sitzt'.

ALLERHAND SACHEN

Firlefanz *Wertloser, modischer Kram*
Das Wort stammt vom mittelhochdeutschen *firli-fanz,* einer Bezeichnung für einen lustigen ‚Springtanz' und ist in unserer Schriftsprache noch üblich. In der Umgangssprache aber abwertend für ‚unnützes, wertloses Zeug', dann auch für ‚Unsinn' gebraucht.

Kesl *Schublade*

Netsch(en) *Münzen von geringem Wert*
Zunächst nur in Wien üblich, ursprünglich für eine Kleinstmünze. Im Ungarischen heißt *négy* ‚vier', ein *négyes* (sprich: nedjesch) war in der Zeit der Monarchie eine der kleinsten Scheidemünzen im Wert von 4 Hellern.

Ros(e)n sprenga *Rosen gießen*
Vergleiche dazu *Blumen spritz(e)n.*

Zoig *Zeug*
In vielfacher Zusammensetzung. Z. B.: *Foierzoig* ‚Feuerzeug'. Auch *Zoiglwerch* für ‚Zeugwerk, wertloses Zeug, Glumpert'. Heute herrscht allgemein die jüngere Lautform *Zaig* vor. So wurde auch aus *hoia* ein *haia.*

Da Sepp is gschtorm

Theresia Oblasser, Taxenbach

Da Sepp is gschtorm.

„Geh na, na, dös ku i nit glam, na wiaso hiaz so schnaöö, as haot jo kho-assn, dass eahm bössa geaiht?"

„Jo, i ho a gmoat, as geaiht eam bössa, owad Liesl haot gsaogg, dass a gschtorm is."

"Na, d Rosi, na dea weaschts schüach doa, und nitamoi an Führaschei haots!"

„Wonn iss eppa zan Betn?"

"Geh, I moa, mia faohn hiaz glei ummi, auf d Naocht sand an Haufn Leit und mia kunnan mied da Rosi gao nix Persönlichs reön."

„Jo, dös is dös gscheidöst."

Dö zwoa kemman so gegn zehni hi zan Trauahaus. Load uman Seppm is eah und bong, waoss saogn soitn. Nit zvü, denkn sö si, oafoch herkemma und dao sei, dös is a Trost.

Ois is ruhig. Auto schtend a no nit vü dao und an Vorhaus liegn d Schtoischtiefi umandum wia oiwei. Eigentlich is oiss wia oiwei, und do haot da Tod wieda füz friah oan aussagrissn. Ma kus no gao nit glam.

Sö klopfn ad Schtubmti, weis nit wissen, wo d Leich aufboscht is. Da jungö Baua steaiht unta da Ti und wunnscht si üwan Bsuach an haöliacht Voumittaog. *„Jo, griaß enk, kembs an Dati aufsuachn? Kembs eicha, da Dati is a da Schtubm drei, owa d Mammi is weidagfoahn."*

Dö zwoa traun si nit, si gegenseitig oschao, dass da Jung jo nit gwoascht, wia vadodascht dass sand. Hübsch a Bois dauascht s, bis sö si dafongan. Oafoch is dös nit, griaß di sogn za oan, va dens gmoat homb, eah lieg an Saorg drei. Und nocha gonz normal reön va dö Kiah und da Orwött und wias gsundheitlich geaiht, dass a si Good sei Donk wieda dafong haot und dass schaod is, dass d Rosi nit dao is.

Warum s nit ogruafn homb, dass s kemman? *„Jo, eikaffn gfaohn samma und dao homma ins denkt, mia schaun a wenk zuacha"*, liagn sö sie aussa. Eascht ban Hoamfaohn dahoin sö si. *„Owa jo neamb eppas saogn va dea peinlichn Gschicht"*, schwörn s eah gegnseitig.

Dahoam lieg dö Post auf n Kastl. A Padazödl is a dabei.
Da oa Sepp is gschtorm, da Leni iah Mo, nit da Rosi ihra.

Warum ist Sprache wichtig?

Kinderstadt 2009

damit mich wer versteht
um Gefühle ausdrücken zu können
aber Sprache ist nicht alles
Bildung
um mich zu verständigen
Unterhaltung
weil ich ohne sie nicht reden kann
Kommunikation
weil man mehr weiß
weil man es vielleicht braucht
weil man die Sprache im späteren Leben braucht
weil wir Salzburger san
weil es einfach so rauskumt
kon i ned sogn
keine Ahnung
weil ma awengei wos von Baiarn hom
dass man mit Leuten über andere Kulturen reden kann
damit man antworten kann

Mini-Drama

Salve, was geht ab? *Hallo, was gibt es (Neues)?*

Frag den Inder! *Was weiß denn ich?* Der Spruch entstand in Anlehnung an eine Fernsehwerbung für Handys.

Was geht mit dir? Zaht's da? *Was ist mit dir los? Freut es dich?*

Zaht mi ned. *Es freut mich nicht.*

Ma heh! Reiß å(b)! *Du nervst mich! Verschwinde!*

Ma er! Scheiss die Wånd å(n)! *Was du nicht sagst! Das ist ja unglaublich!* Früher hieß es dazu noch: *Scheiß da Hund auf´s Faiazaig!*

Schau ned so billig! I kauf da ned!
1. *Schau nicht so dumm! Ich tu dir sowieso nichts!*
2. *Dein Hundeblick wirkt nicht. Ich tu nicht, was du willst.*

Måch de Foitn zua und måch an Schuach! *Halt den Mund und verschwinde!* Wörtlich: *Schließe die Falte und mach den Schuh!*

Mööp! Oda wüst kassiern? *Nerv nicht! Oder willst du Ärger/Streit/Schläge?*

Putz di! Sonst bist gmåcht! ‚Verschwinde! Sonst bist du erledigt!' (Kann eine ernste Drohung sein.)

Bist waach? *Bist du bekifft?* Wörtlich: ‚Bist du weich?' Berauscht, eingenebelt, nicht ganz richtig im Kopf.

Na, der is zua wie da Spar am Sonntag! *Betrunken* Supermärkte haben in Österreich sonntags geschlossen.

Nasch ma! *Gehen wir!* Aus dem Jenischen.

Då kummt a Peacer! *Dort kommt ein Friedensstifter* Kein Sozialarbeiter, sondern ein Alle-Versteher aus der Peer Group.

Denglisch Online

Addn
Funzen
Changen
Gruscheln
Flashmob
Download
Googeln
Funken
E-Sport

Addn *Hinzufügen*
Vom englischen *to add.* Vokabel von PC-Nutzern.

Changen *Kaufen, eine Ware aus einem Automaten drücken*
Die Bedeutung ‚wechseln' aus der Gebersprache hat sich – typisch jugendsprachlich – gewandelt.

Downloaden *Stuhlgang haben*
Das ‚Herunterladen' wird zur Körperfunktion.

Egogoogeln *Sich selbst mit der Internet-Suchmaschine googeln*
Das Gegenteil von Cyberstalking, bei dem man nach anderen Menschen googelt, um deren Profil anzusehen.

E-Sport *Wettkampf bei Computerspielen*
Im Internet, aber auch auf internationalen Veranstaltungen ausgetragen.

Flashmob *Spontaner Menschenauflauf nach einem Aufruf im Internet.*
Diese Mobs oder Spontandemos können politisch motiviert oder künstlerische Performance sein. Flashmobs werden über Blogs, E-Mail oder Handy organisiert.

Funk(e)n *Telefonieren*

Funz(e)n *Funktionieren*
Mai(n) Handy funzt net.

Gemaked *Besiegt, erledigt*
Im Extremfall auch ‚tot(gemacht)'.

Grusche(l)n *Grüßen und kuscheln*
Ein schönes Beispiel für so genannte Wortkreuzung nach dem Muster *brunch* (‚breakfast und lunch'); Das Verb *grusche(l)n* verbindet ‚grüßen' mit ‚anstupsen', ‚antippen', ‚berühren'.

Generationendolmetscher Rap

Haben

Sie hat an Fimmel
und er hoid an Grant
Poezschuach woins boade
und lauta so Tand.
Deckerl fuer n Kast n,
Poista zan Liegn,
an Stor, a Eierkochmaschin.
Des brauch ma,
des hamma,
des het ma gern a,
an Nudelwoiga,
a Bamscha, a nette
Auslegwoa und
fuer d Matratzen z Kilo
schene Haflinger Rosshoa.

Sein

I bin, oida,
des Feeling is echt,
fjedn, oida.

Denglisch

Wir kauderwelschen wie verrückt …

Keiner denkt sich was dabei: Wir checken die Tickets im Infocenter der Bahn für den InterCity Express München – Wien. Und am Abend chillen wir bei einem schnellen Date mit einem Cocktail in der Sky Lounge.

Natürlich ginge das auch anders, keine Frage! – Wir könnten am Informationsschalter der Bahn den Fahrschein für den Schienenstürmer von München nach Wien lösen und uns auf ein alkoholisches Fluchtgetränk in der Himmelsgaststube unterm Dach verabreden.

Watchen, Phonen, Smsen, Spam

Hänger *Denkpause, Black out, Langeweile*
I håb an Hänger. ‚Ich steh auf der Leitung.' Oder auch: ‚Ich habe Langeweile, bin antriebslos.'

Hob(e)l *Gerät, Fahrzeug*
Mei(n) Computer is(t) scho(n) a åita Hobl; auch gebräuchlich für Motorräder und Autos. Der *Hob(e)l* hat die ältere *Schüssel* abgelöst.

I-Net *Internet*
Wortkürzung

Knucca, Knutscha *Bussi, Küsschen*
Chatsprache

Klappe offen, nix dahinter *Großer Auftritt ohne Inhalt*
Bezeichnet einen Großredner und Aufschneider.

Laberkasten *Telefon*
Apparat, in den man endlos *hineinlabern* ‚hineinquatschen' kann.

Laufwerk *Gehirn*

LoLig *Witzig*
Kürzel von *laughing out loud* mit der Adjektivendung *-ig.* Kürzelsprache, wie sie vorwiegend bei Chat und SMS Verwendung findet.

Phonen *Telefonieren*
Interessanterweise bleibt hier die Schreibung mit *ph* aufrecht.

Smser, Simser
Wer mit anderen hauptsächlich über SMS kommuniziert.

Spammen *Viel (Mist, Unsinn) reden*
Von englisch *spam* ‚Müll'.

Süchteln
Exzessives Spielen eines Computerspiels. Das Internet hat die Menschheit bekanntlich mit einer neuen Sucht beschenkt.

Was steckts dir?

Denglisch

Wir kauderwelschen wie verrückt ...

Das klingt lustig – aber manchmal, wenn unser Stimmungsbarometer gerade nicht auf urcool steht, macht der Vergleich nachdenklich.

Die Agentur Endmark untersucht alle Jahre Werbesprüche auf ihre Verständlichkeit. Ähnlich wie schon in den Jahren zuvor, ergab die Befragung auch im Jahr 2009, dass über zwei Drittel der Konsumenten die englischen Werbebotschaften entweder gar nicht oder falsch verstehen. Übersetzungsversuche führten zu Botschaften wie „Mache Deinen Brotkasten selbst“ für „Broadcast Yourself“ (Youtube) oder „Es gibt keine besseren Fliegen“ für „There is no better way to fly“ (Lufthansa).

Eine Studentin der Technischen Universität Dortmund untersuchte die Wirkung von englischsprachigen im Vergleich zu deutschsprachigen Werbesprüchen (Slogans). Sie kam zu dem Ergebnis, dass uns englischsprachige Sprüche deutlich weniger berühren. Vor allem Jugendliche lassen diese Sprüche kalt. Was nicht heißt, dass sie diese Sprache nicht verwenden. Ganz im Gegenteil.

Die Vermutung liegt nahe, dass es sich um einen Trend, also um eine Sprachmode handelt. Moden kommen und gehen. Aber sie bestimmen auch über Zugehörigkeit und Identität. Was heute Denglisch ist, war einmal Französisch, Lateinisch oder Griechisch.

Steffanie Zauner

Taschendisko *Mobiltelefon, das auf Lautsprecher gestellt Musik spielt*

Tastenhengst *PC-Freak*

Tel(e)n (gehen) *Telefonieren (gehen)*

Verpeilt *Daneben, verwirrt sein*
Von ‚(an)peilen‘. Ich war total verpeilt.

Watchen *Anschauen, gucken*
Von englisch *to watch*. Meistens Filme im Fernsehen oder am PC.

Was steckts dir? *Was meinst du?*
Übernahme der Sprachkultur von Jugendlichen mit Migrationshintergrund.

Youtuben
Eine Videodatei ins Internet stellen oder auf dem Videoportal „Youtube“ (www.youtube.com) surfen.

Spuren von Landleben

Må(n)e(n)l

Mondschein
Zusammensetzung aus ‚Mond‘ und ‚Ahn(e)l, Ähn(e)l‘.

Scheint der Vollmond, sagten romantische Gemüter: *Da Ahnlmond schei(n)t so schea.* Für den Mond gab es früher allgemein Bezeichnungen, die im Bereich des zitierten Beispiels liegen; etwa *Herr Mond;* mit den Varianten *Herr Mann* oder *Hermann* etc.

Das Wort *Monat* bezeichnet in manchen Dialekten ‚Mond‘ und ‚Monat‘, weil beide Wörter gleichen sprachlichen Ursprungs und auch sachlich verbunden sind. Die Monatseinteilung berechnet sich nach den Mondumläufen.

Bai, Bain *Biene(n)*
In Teilen Salzburgs auch *Impbei(n)l* oder einfach *Imp* ‚Biene‘. Vergleiche dazu den ‚Imker‘ und ‚Imkerhonig‘.

Bai(n)falter, Boa(n)fåita *Schmetterling*
Wörtlich ‚Bienenfalter‘; häufig aber zu *Bein* gestellt und interpretiert als ‚Gebeinfalter‘.

Bleamal, Bleame *Blume(n)*
Lautgesetzliche Aussprache für ‚Blüemerl‘, ‚Blümerl‘; in weiten Teilen des Südostens des deutschen Sprachraums. Ursprünglich die wild wachsenden Blumen im Unterschied zu den *(Fenster-)Buschn.*

Boa(n)zaschgl, Kra(n)schgl
Eichelhäher
Eine bunt gefiederte Krähenart; u.a. im Lungau verbreitete Bezeichnung.

Busch(e)n *(Haus-)Blumen*
In vielen Salzburger Regionen gebräuchlich. Ihr „buschiges“ Gedeihen unterscheidet sie von den schlichteren Naturblumen.

Brennlies *Sonne*
Scherzhafte Neubildung für die uns alle erwärmende Sonne.

Faigerl *Veilchen*

Kees *Gletscher*
Standardsprachlich, wenn auch eher im Südosten des deutschen Sprachraums verbreitet; von althochdeutsch *kes* ‚Eis‘.

Krez(e)nbleame, Saubleame(l)
Löwenzahn
Bei der durch Krätzmilben hervorgerufenen Hautkrankheit wurde der Saft von verschiedenen *Krätzenkräutern,* auch des Löwenzahns, als Heilmittel angewendet.

Låck(e)n, Latsch(e)n *Pfütze, Lacke*
Wohl entlehnt aus lateinisch *lacus* ‚Trog, See‘. *Lacken* und *Latschen* auf Straßen und Wegen werden meist unterschieden von Pfützen und Feuchtstellen in Feld und Wiese. Dafür gebräuchlich ist die Bezeichnung *(Moos-)Pitsn.*

Natur, so nah, so schön!

Må(n)e(n)l *Mondschein*
(Siehe auch Spalte links.)

Tuschbloam *Blauer Enzian*
Möglicherweise ist *Tuschbloam* zum Verb *tuschen, knallen* zu stellen. Nach der sattblauen Farbe, die der Blume vielleicht den volkstümlichen Namen gegeben hat.

Zuschkl(n) *Fichten-/Tannenzapfen*
Regionalsprachlich. Wurde zum weiter verbreiteten *Tschurtsch(e)n* gestellt, mit der gleichen Bedeutung; etymologisch zu mittelhochdeutsch *zers* ‚Penis' gehörend. (Benennung aufgrund äußerer Ähnlichkeit.) Daneben hört man auch *Zäuschk(e)n* ‚Zirbenzapfen'.

TIER UND VIEH AM BAUERNHOF

Dusl *Frisch geschlüpftes Küken*

Fackel *Junges Schwein, Ferkel*
Zum Diminutiv gibt es noch das Grundwort *Fåck* ‚Sau', ‚Schwein', von mittelhochdeutsch *varh.*

Kuaschnitta *Klauenschneider*
Wörtlich ‚Kuhschneider'. Derjenige, der den Kühen die Klauen ausschneidet, ihre Pediküre macht.

Piperl, Pipihendl *Küken*
Wohl lautmalerisch. Vergleiche dazu: *Tschiaperl.*

Ross *Pferd*
In vielen Dialekten als *Roos* ausgesprochen. Der alte Plural lautete nicht *Ressa* ‚Rösser', sondern *die Roos. Då drent stenant a poa Roos.*

Scher, Scherfånga *Maulwurf, Maulwurffänger*
Von mhd. *schër* ‚Erddurchschneider'. Verursachte Schäden im Garten, aber sein Balg war geschätzt. Also hatten es die *Scherfånga* auf ihn abgesehen. Weitere Wortbildungen: *Scherhaufen, Schermaus* ‚Wühlmaus'.

Söcklbär *Männliches Schaf*

Oiwei wieda

Oiwei wieda
broatn
d' Leberbleame
eahn blaun
Teppech aus.

Oiwei wieda
schmuggln si
d' Schlussl-
bleame
dazwischn.

Oiwei wieda
finden Käferl
Schutz unta
de Blüah.

Oiwei wieda
wean
d' Leberbleame
an blaun
Teppech
ausbroatn.

Hildegard Hörl

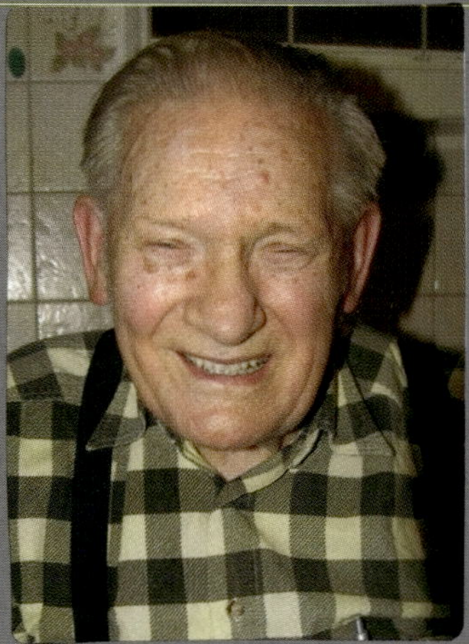

Portrait

Herr Kohlbauer

83 Jahre

Versicherungskaufmann, Masseur, Heilkräuterkundler, Dichter, Maler

Hingabe – aber auch Gleichmut

Schildern Sie uns bitte kurz Ihren Lebensweg.
Eigentlich wollte ich die Matura machen, aber mit 15 hab ich die Ausbildung zum Versicherungskaufmann begonnen und 1947 mit der Kaufmannshilfsprüfung abgeschlossen. 35 Jahre lang arbeitete ich dann für verschiedene Versicherungsgesellschaften. Was mich an dieser Arbeit fasziniert hat? Du musst so viel mehr sein als einer, der Versicherungen verkauft! Du bist Seelsorger und Geschichtenerzähler wie im Märchen von Aladins Wunderlampe. Und du musst natürlich ein guter Rechner sein. Ich hatte das alles im kleinen Finger.

Dann hat mir eine Hellseherin vorausgesagt, dass ich mich beruflich in Richtung Medizin verändern würde. Und so war es auch. Mit 50 bist du zu alt für Versicherungen. Deshalb hab ich Masseur gelernt, die Kneipp-Bademeister- und die Heilkräuterprüfung gemacht und in einer bekannten Fastenkuranstalt gearbeitet. Masseur war ich bis 78!

Stellen Sie sich vor, Sie wären noch einmal 16.
Als Kind war ich wahrscheinlich unerkannt hochbegabt. Ich wäre gern Arzt für Allgemeinmedizin geworden. Aber ich komme eh wieder auf die Welt!

Was sollen Jugendliche von Ihnen wissen?
Macht Judo! Mit 14 begann ich Judo zu lernen, weil ich fand, dass „richtig fallen“ im Leben wichtig ist. Es hat mich Geduld und Ausdauer gelehrt. Auch Schmerzen konnte ich dadurch besser ertragen. Ich habe vielen Kindern Judo beigebracht. Das hat etwas bei ihnen bewirkt.

Was sind Ihre Lieblingsworte?
Suchen, Leben.

Welches Wort mögen Sie überhaupt nicht?
Völlerei – das macht krank.

Was würden Sie Jugendlichen von heute gern sagen?
Die Wahrheit setzt sich immer durch!

Gartenprojekt mit Jugendlichen
Da blüht was im Lieferinger Krautgarten

15 Maxglaner Jugendliche zwischen 12 und 18 Jahren standen vor einem 50 m² großen Feld im Lieferinger Krautgarten. Jäten, umgraben und den Acker mit neuer Erde füllen, waren erste Aufgaben. Dann die Frage: Was wollen wir anpflanzen? Dazu führten **Bio-Bauern** der Umgebung die Jugendlichen durch ihre Beete: Erdbeeren, Tomaten- und Salatpflanzen – alles zum Angreifen. Bei den erfahrenen Nachbarn konnten sie sich umschauen und bekamen wertvolle Tipps. Das Gartenprojekt bietet vielfältige Lernprozesse, während der Arbeit sind Gespräche möglich, soziale und fachliche Fähigkeiten werden gefördert. Die **Jugendlichen erobern sich ein Stück Grünland im öffentlichen Raum,** die Gärtnerei animiert zu Experimenten, wie sie junge Menschen im urbanen Alltag sonst kaum erleben.

BEGEGNUNGEN

Spielbus und Spielräder
Mobilität bringt Alt und Jung zusammen

Seit Mitte der 80er-Jahre sind die **Spielräder auf Salzburgs Spielplätzen** unterwegs: Ein auffälliger Drahtesel mit bunten Fahnen und schrillen Glocken radelt einmal wöchentlich zu einem der Spielradl-Plätze in den Stadtteilen Lehen, Maxglan, Taxham und in die Bolaringsiedlung.

Die Spielbusaktionen laden nicht nur Kinder zum Verweilen ein: Rund um die Aktivitäten treffen sich Eltern, Nachbarn und SeniorInnen und **der Spielplatz wird zu einem Kommunikationszentrum.** Räume zu schaffen, wo die Überwindung von Grenzen gelingt, zwischen verschiedenen Siedlungen, zwischen Älteren und Jüngeren oder Kindern verschiedener kultureller Herkunft, das wird weiterhin eine wichtige Aufgabe für uns sein.

Essen & Trinken

Essen

„Fleisch gab es bei uns nur zu Weihnachten, Ostern und zu den ganz großen Feiertagen.“

„Wir freuten uns immer, wenn eine Kuh geschlachtet wurde. Dann gab es nämlich Leberknödelsuppe.“

„Unsere Cousine beschenkte uns zum Namenstag mit einem Würstchen, nicht mit einem Paar Würstchen. Aber der Beschenkte hat sich immer gefreut.“

SeniorInnen vom Ergotherapie-Gedächtnistraining Itzling

Habern *Essen, mit Appetit essen*
In ganz Österreich üblich mit der Ausnahme von Vorarlberg.

Munden *Gut schmecken*
Leicht antiquiert.

Schnabulier(e)n *Essen, mit Appetit essen, schlemmen, naschen*
Studentensprachliche Ableitung zu *Schnabel.* Dabei werden fremdsprachliche Endungen an deutsche Wörter angefügt. Ursprünglich scherzhaft gemeint, haben viele davon Eingang in die Umgangssprache gefunden: *Blamage, burschikos, Pfiffikus, schauderös, Schwachmatikus.*

Untern *Jause, Zwischenmahlzeit am Nachmittag*
Früher für die Nachmittagsjause. Dagegen hieß die Vormittagsjause *Neunerbrot* oder einfach *Neuner.* Abgeleitet vom Zeitpunkt. Weitere Bezeichnungen für die Jause (Lehnwort aus dem Slowenischen; *mala juzina* ‚Zwischenmahlzeit‘): *Vesper* und *Marende.*

SPEISEN

Beusch(e)l, Lüngerl *Ursprünglich Herz, Lunge, Milz und Leber*
Also die oberen Eingeweide eines geschlachteten Tieres. Weit im Südosten des deutschen Sprachraums verbreitet. Heute hat sich die Bedeutung in der Regel auf die Lunge eingeschränkt.

Beuschel leitet sich vom Diminutiv für *Bausch* ‚Wulst‘ her. Bevorzugt der Osten Österreichs das *Beuschl,* ist es, oder richtiger: war es, im Westen eher das *Lüngerl.*

Bladl *Polsterzipf, Heißes Schmalzgebäck*
Ein aus heißem Fett frisch herausgebackenes Pfannengericht.

Bunk(e)l, Bink(e)l, Bünk(e)l *Gebäck aus Germteig*
Vergleiche *bunkert* ‚angefüllt, gebläht, (hervor)gewölbt‘; denn jeder Germteig muss aufgehen, bevor er gebacken werden kann.

Was auf den Tisch kommt

Dåtsch, Datschi, Datsch(g)erl
Teigtasche
In der Pfanne frisch herausgebackene Mehlspeise. Erdäpfel, Powidl, Topfen u. a. Zutaten bringen diverse regionale Varianten hervor. *Raibadatschi* für ‚Kartoffelpuffer' leitet sich von den geriebenen Erdäpfeln her. Das Wort ist wohl lautmalerisch; *datschen* ‚klatschen, schlagen'.

Natürlich gibt es zahllose *Datscherl: Schwarzbeer-* (oder: *Zechbeer-) Datscherl, Ribisl-Datscherl* und auch: *Powidl-Datscherl. Powidl* ist die in Österreich übliche Bezeichnung für eine ‚Marmelade aus gedörrten Zwetschken'. In Deutschland versteht man darunter ein Pflaumenmus.

Herkunft von tschechisch *povidla* (Plural) ‚Pflaumenmus'. Vergleiche auch *Datschi* und *Dåtscherl* für eine ‚unbeholfene weibliche Person'.

Ei(n)gsuats *Pökelfleisch*
In einer Sur (Salzlake) eingelegtes Fleisch.

Fårferl *Nockerl*
Fårfel, Fårferl bezeichnet eine Milchspeise, bei der Teig in kochende Milch eingerieben oder eingetropft wird. Kann auch auf ein ungeschicktes oder etwas hochnäsiges Mädchen zutreffen.

Gatsch *Brei*
Entweder von italienisch *cacio* ‚Käse' oder tschechisch *kaše* ‚Brei'. Ähnliche Bedeutung wie *Batz.* Der süddeutsche *Gatsch,* zu dem es das Adjektiv *gatschig* gibt, entspricht in seiner Bedeutung dem mittel- bzw. norddeutschen *Mansch* bzw. der *Pampe.*

Golatschn, Kolatsche *Teigtasche*
Mit Topfen gefüllte Mehlspeise in quadratischer Form und mit eingeschlagenen Ecken. Entlehnt aus tschechisch *koláč.*

Grammeln *Rückstand des erhitzten Schweinefetts, Grieben*
Weit verbreitet; mit unterschiedlichen Bezeichnungen: *Gremme(l)n*

Kinderrezept

Pizzatoast

Zutaten: (für 12 Toasts)
1 Tomate
1 grüner Paprika
10 dag Käse
10 dag Schinken
2 EL Sauerrahm
1 EL Kräuter
Toastbrot

Zubereitung:
Käse reiben. Schinken, Paprika und Tomate klitzeklein schneiden. Käse, Schinken, Paprika und Tomaten in eine Schüssel geben und mit dem Sauerrahm und den Kräutern vermischen. Mischung auf das Toastbrot streichen.

Backen:
Ca. 10 min. bei 180°C.

Essen & Trinken

Kinderrezept

Feinschmecker-soßen

Zutaten:
1 Becher Sauerrahm
1 Becher Joghurt
1 Messerspitze Salz

Zubereitung:
Alle Zutaten in einer Schüssel verrühren

Die Soßen würzen und färben:
Gelb: Currypulver zugeben
Rot: Ketchup, Paprikapulver oder Tomatenmark zugeben
Grün: fein geschnittene Kräuter zugeben

Guten Appetit!

im Salzburger Norden und daneben *Graup(e)n* im Lungau. Wer eine ‚Graupensuppe' bestellt, bekommt aber höchstwahrscheinlich eine Rollgerstensuppe. Grammeln werden zu Grammelschmalz, zu Füllungen für Knödel, Mehlspeisen etc. weiterverarbeitet.

Guatln *Zuckerl*
Abgeleitet vom Adjektiv *gut.* Einst weit verbreitet, heute vom *Zuckerl* verdrängt.

Henasteig(e)n *eine Mehlspeise*
Wörtlich ‚Hühnersteige'. In der Lungauer Küche eine warme Mehlspeise, bei der dünn ausgewalzter Teig eingeschnitten und in heißem Schmalz herausgebacken wird. Die Form ähnelt einem groben Gitter, daher die Bezeichnung.

Steign ist das regionalsprachlich weit verbreitete Wort für eine ‚Lattenkiste', vergleiche z. B. *Äpfesteign.*

Koch, Kochai *Brei*
Gewöhnlich der Wasser-Mehl-Brei, wie er für die Säuglingsnahrung vorgesehen ist.

Kücherl, Küacherl *Kleiner Kuchen*
Für verschiedenste kleine Mehlspeisen, Backwaren. Zum Beispiel *Apfelkücherl:* Apfelstücke in Mehlteig, in Fett herausgebacken.

Muas *Mus, Schmårr(e)n, Schmarrn*
Weit verbreitet, aber mit unterschiedlichen Bedeutungen. *Mu(a)s* für ein ‚schnelles Pfannengericht' auf Teigbasis, z. B. *Hoizknechtmuas.* In dieser Bedeutung von der Bezeichnung *Schmårr(e)n* auch im Gebirge schon weit zurückgedrängt. Zu beachten ist der eingetretene Bedeutungswandel. So versteht man heute unter einem *Apfelmus* einen ‚Brei aus Äpfeln', während früher das *Äpfelmuos* ein ‚Schmarrn mit Apfelstücken' war.

Nudl, Nidai *Wuchtl, Buchtl, Kuchen*
Die Bezeichnung *Nud(e)l* für eine

süße Teig- bzw. Backware (Diminutiv *Nidai)* ist in den Dialekten und Regionalsprachen weit verbreitet. Vgl. auch *Dampf-* oder *Rohrnudel* und die üppige *Dukatennudel.* Die Lungauer Redewendung *Oa(n) Nudl, oa(n) Toag* weist auf geringfügige, unbedeutende Unterschiede hin: Eine Teigform ergibt den immer gleichen Kuchen.

Ochsenschoaß *Schmalzgebäck*
Wörtlich ‚Ochsenfurz'. Besser bekannt als ‚Gebackene Mäuse', ein heißes Schmalzgebäck.

Plentn *Polenta*
In ganz Österreich üblich für eine aus Maisgrieß hergestellte Speise. In Teilen Kärntens und der Steiermark ist auch die Bezeichnung ‚Sterz' vertreten. Polenta war ein typisches Armeleuteessen. Das Wort gehört zu lateinisch *pulmentum* ‚Brei'; im 17. Jahrhundert aus Südamerika in die europäische Küche aufgenommen. Der auch als *Kukuruz* bezeichnete Mais hat in unseren Breiten den Hungerkrisen des Mittelalters ein Ende gemacht. *Türken,* eine weitere Bezeichnung, leitet sich von italienisch *grano turco* ‚türkisches Korn' ab. Polenta ist ein wesentlicher Bestandteil regionaler Küchen (Ungarn, Österreich, Italien, Frankreich usw.), auch wenn er an Stellenwert eingebüßt hat. Die *Plentn* von einst sind die *Pommes* von heute.

Pogatsch(e)n *Mehlspeise, Gebäck*
Diminutiv *Pogatscherl,* häufig aus Grammel- bzw. Griebenteig. In fast ganz Österreich verwendet; Herkunft aus dem italienischen *focaccia* ‚auf der Herdplatte gebackener Teig'. Wohl über Vermittlung des Slawischen und Ungarischen eingebürgert.

Rupferne *Kartoffelknödel*
Nahezu verschwunden.

Sålse(n) *Marmelade*
Weit verbreitet (gewesen). Entlehnt aus mittellateinisch bzw. italienisch *salsa.* Steht ursprünglich in

Kinderrezept

Fladenbrote

Zutaten:
Mehl, Salz, Wasser, Öl

Zubereitung:
Alle Zutaten in einer Schüssel mit dem Kochlöffel vermischen. Die saubere Arbeitsfläche mit Mehl bestreuen und den Teig mit den Händen gut durchkneten.

Teig zu einer Rolle formen, kleine Stücke abschneiden und aus den Stücken mit den Händen flache Fladen formen.

In einer Pfanne etwas Öl erhitzen und Fladenbrote herausbraten – in einem Brotkorb zu dem indischen Curry (→ S. 88) servieren!

Kinderrezept
Indisches Curry

Zutaten:
Kartoffeln, Karotten, Zucchini, Lauch, Honig, Currypulver, Kokosmilch, Gemüsebrühe.

Zubereitung:
Gemüse waschen. Kartoffeln schälen und würfelig schneiden. Karotten schälen und in Scheiben oder Stifte schneiden. Zucchini in Würfel schneiden. Lauch in feine Ringe schneiden. Gemüsebrühe in Wasser auflösen, aufkochen lassen und das Gemüse dazugeben, köcheln lassen.

Kokosmilch, Honig, Currypulver dazugeben und ständig umrühren, bis das Curry eine geschmeidige Masse wird.

Essen & Trinken

Österreich für den Saft verschiedener Früchte, der zu Sirup eingedickt wird. Häufig und in vielen Regionen bedeutungsgleich mit *Mamalaad* ‚Marmelade'.

(Sau)fraß *Schlechtes Essen*
Das Grundwort *Sau* kann als Bestimmungswort zur Abwertung bzw. Steigerung vieler Substantive herangezogen werden: *Saufratz* ‚ungezogenes Kind', *Sauwetter* ‚Schlechtwetter', *Saubagage* ‚Gesindel' usw.

Schmårr(e)en
Der älteren Generation sind die feinen Unterschiede noch bewusst: Der *Abbrennschmårr(e)n* wird ohne Eier, nur aus Mehl und heißem Wasser zubereitet. Der – bessere, da gehaltvollere – Schmårr(e)n mit Eiern ist der *Kaiserschmarrn.*

Schmåitz *Schmalz, Butterschmalz, Schweinefett*
Schmalz steht allgemein für ‚Fett', entweder *Buttaschmåitz, Budanschmåitz* oder *Schwai(n)schmåitz, Schwai(n)fettn.* In manchen Regionen ist *Schmåitz* auch die Bezeichnung für ‚Butter'. *A guats Schmåitzbrot* kann also auch ein ‚Butterbrot' sein.

Zuaspeis *Beilage, Zuspeise*

GETRÄNKE

Boassmuich
Saure Milch, Buttermilch
Ableitung von *boass(e)n* ‚schlagen, stampfen'. Vergleiche dazu das Verb *ausboass(e)n* ‚ausschütteln'.

Gänsewein *Wasser*
Scherzhafter Ausdruck bei Antialkoholikern und Kindern. Erstmals bei Johann Fischart (1546–1590) in seinem „Podagrammisch Trostbüchlein" gebraucht, in dem das Wasser der den Gänsen von Gott gegebene Wein genannt wird.

Gsif *Getränk*
Abwertend. Hergeleitet von *Gesöff.*

Mein
Lieblingsrezept

Boassmuich und Humorsuppen

Humorsuppn *Kaffee*
Spaßhafte Bezeichnung für einen nicht erstklassigen „gerade noch" Kaffee.

Kracherl *Limonade*
Das kohlensäurehaltige Erfrischungsgetränk wurde früher in Flaschen abgefüllt, die durch den speziellen Verschlussmechanismus beim Öffnen leicht schnalzten oder eben krachten. Daher auch der Ausdruck *Kracherlflasche.*

Lavutschibria, Lawuschibriah *Kaffee*
Zu mittelhochdeutsch *lab, laewe* ‚lau, milde', also eine ‚laue, fad schmeckende Brühe'. Im Pinzgau ist der Ausdruck *Lawuschi* für eine gleichgültige, unentschlossene Person zu hören.

Most wedln *Most trinken*

Oan sitz(e)n håb(e)n *Einen sitzen haben*
Verbreitete Redensart für ‚betrunken sein', elliptisch für: ‚einen (Rausch) sitzen haben'.

ZUTATEN AUS WALD, FELD UND GARTEN

Ågråsl *Stachelbeere*
Eine der im Land Salzburg üblichen Bezeichnungen. Daneben, besonders schön, *Oatabåtz(e)n* ‚Eiterbatzen'. Im Lungau auch *Migatz(e)n* bzw. *Mukatz(e)n.* Aus den Gärten großteils verdrängt, damit auch die Bezeichnung außer Dienst.

Berberitz(e)n *Sauerdorn*
Im Lungau ist *Gischgalatzn* gebräuchlich, ein Lehnwort aus dem Slawischen.

Bramburi, Erdling, Eachtling, Äschtepfe *Kartoffeln*
Bramburi, vor allem im Nordosten Österreichs verbreitet, ist eine Entlehnung aus dem Tschechischen (*brambory* ‚Kartoffel'). Die aus dem Böhmerwald nach Bürmoos zugewanderten Glasbläser haben an der *bramburi* festgehalten. (So wie bei ihnen auch die ‚Himbeeren' *Malenen* geblieben sind.)

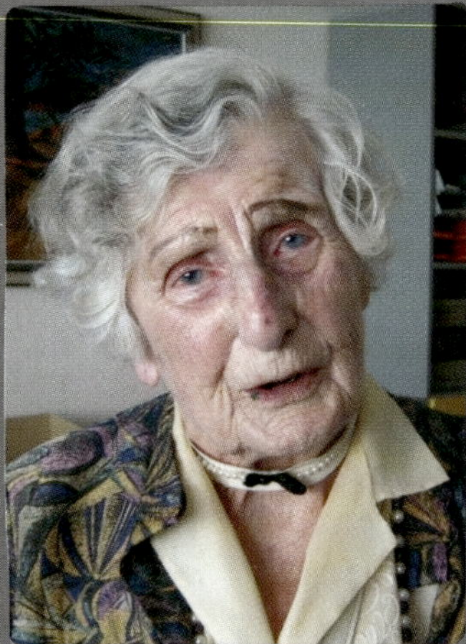

Portrait

Henriette Glas

104 Jahre

Modistin, Drogistin

Ich wuchs gut behütet in einer wohlhabenden Familie auf. Mein Papa war Geschäftsmann und ich habe mich immer sehr für Mode interessiert. Es lag also nahe, dass ich eine Lehre als Modistin absolvierte.

Wie ist Ihr Lebensweg verlaufen?

In den 1920er Jahren hatte ich einen eigenen Hutsalon*. Es wurde immer nur ein bestimmtes Modell angeboten. Damals ging dieser Salon sehr gut, denn die Dame von Welt hat ja viermal täglich die Equipage** gewechselt: zum Frühstück, zu Mittag, für den Nachmittagskaffee und abends. Dazu brauchte sie natürlich immer die passenden Hüte. Dann wollte ich mit meinem Verlobten nach Amerika. Einer meiner Verwandten fuhr sogar mit dem letzten Zeppelin. Doch mein Mann wurde krank und wir konnten nicht fahren. Wie haben uns dann in der Steiermark mit einer Medizinaldrogerie selbstständig gemacht.

Seit wann leben Sie in Salzburg?

1976 wurde ich pensioniert und siedelte nach Salzburg.

Welche Bedeutung hat Sprache in Ihrem Alltag?

Die deutsche Sprache hat eine sehr große Bedeutung für mich. Wir sollten diese Sprache erhalten. Aber leider wird sie in der letzten Zeit so verludert, dass ich mich wahnsinnig ärgere, besonders wenn ich Fernsehen schau. Mich stört auch sehr, dass österreichische Ausdrücke von den Speisenkarten verschwinden, wie zum Beispiel die Topfentorte.

Was würden Sie den Jugendlichen von heute gerne sagen?

Ich hab sie eigentlich sehr gern und trotz meines Alters noch Kontakt mit Jugendlichen. Sie verehren mich und sind lieb zu mir und ich pardonier*** auch alles, weil ich versteh, dass die Zeit heute nicht mit früher zu vergleichen ist. Und man kann die Jugend auch nicht für alles verantwortlich machen, sie ist in einer Situation, in der sie mitgerissen wird und leider schlechte Vorbilder hat.

***Salons** waren private Wohnungen, in denen Modenschauen abgehalten wurden. Die Auswahl der Modelle war sehr eingeschränkt.

**** Equipage:** Kleidung, Ausstattung

***** pardonieren:** verzeihen, nicht übel nehmen

„Du, Herr Illinger! Wie lange bist du schon Kocherer?“
Köchin, 5 Jahre

„Endlich ist mal richtig was los. Das ist heute unser großer Tag!“
Köchin, 86 Jahre & Köchin, 88 Jahre

„Ich hab mir die Finger nicht abgeschleckt, ich schwör's!“ Koch, 10 Jahre

„Wer hat schon wieder mein Messer stibitzt?“ Köchin, 75 Jahre

„Und sie hat doch genascht! Ich hab's genau gesehen!“
10-jähriger Koch über 85-jährige Köchin

„Ich mag nix Grünes – und Rotes auch nicht.“ Köchin, 14 Jahre

BEGEGNUNGEN

„Wir bringen Generationen zum Kochen“
Ein Projekt des ZGB

2009 startete das ZGB – Zentrum für Generationen & Barrierefreiheit mit dem Salzburger Agrar Marketing (SAM) das Pilotprojekt „Wir bringen Generationen zum Kochen!“. Dabei **kochten Seniorinnen aus drei verschiedenen Salzburger Seniorenheimen gemeinsam mit Kinder- und Jugendgruppen** unterschiedlicher Altersstufen.

Unter **Anleitung des Haubenkochs Josef Illinger** wurde jeweils ein dreigängiges Menü gezaubert, das dann mit Ehrengästen auf festlich gedeckten Tischen verzehrt wurde. Ziel dieses Generationenprojektes ist es, das **Wissen über heimische Lebensmittel und gesunde Ernährung zu vertiefen** und dabei ganz nebenbei die **Generationenbeziehungen zu stärken.** Denn es heißt zurecht und richtig: „Auch Verständnis geht durch den Magen!“

Essen & Trinken

Was ist Kalbsbeuschel?

Zur Kaiserzeit aus der Not erfunden, gilt diese Speise heute als Gourmet-Spezialität.

Üblicherweise handelt es sich dabei um Geschnetzeltes aus Kalbslunge und -herz.

In Salzburg heimisch wurden die Bezeichnungen *Äschtepfe, Er(d)äpfel, Erdling, Eachtling, Wiener.* Gegen die im 18. bzw. 19. Jahrhundert in unseren Breiten eingeführte Speisekartoffel haben sich speziell die Bauern vehement gewehrt. Von Anfang an beliebt war der *Erdling* als Viehfutter, insbesondere die Schweine gedeihen davon prächtig, ihr Fleisch schmeckt köstlich.

Kellertrauben ist wohl ein Scherzwort für die Kartoffel. *Äschtepfe* ‚Erdäpfel' ist die Ausspracheform im Pongau und Teilen des Pinzgaus.

Fislbohna, Fislboa(n) *Rossbohnen*
Vergleiche *ausfiesln* ‚aus der Schote, Schale nehmen' und *åbfiesln* ‚mühsam ablösen'.

Grumbia, Grumpirn *Kartoffeln*
Von *Grundbirne,* die von dem südslawischen *krumpir* ‚Grundbirne' (Entlehnung der deutschen *Grundbirne)* zurückgewandert ist. In Salzburg ein Sprachimport aus dem Osten. Daneben Verballhornungen zu *Grümfira, Grumbiesl.*

Göiwe Hruam *Gelbe Rüben, Karotten*
Regional verbreitet, so etwa im Flachgau. In anderen Teilen Salzburgs sind Varianten zum Wort ‚Möhre' üblich, so *Mean* und *Meadl* ‚Möhrchen'; ein vokalverdichteter Zungenbrecher sind die Lungauer *Määowa* ‚kleine Möhren'.

Grang(e)n, Grant(e)n, Kreistling *Preiselbeeren*
Grang(e)n heißt es im Pinzgau, als *Grant(e)n* gehören sie zum Dialektwortschatz des Lungaus und in Teilen des Pongaus (Ennspongau) ist die Bezeichnung *Kreistling* üblich. Ableitung von lateinisch *granuta* ‚Körnchen'.

Gummerer *Gurke*
Auf die gleiche Wurzel geht englisch *cucumber* zurück; von lateinisch *cucumis* bzw. *cucumer.* *Umurk(e)n* ist oder war dagegen im Osten Österreichs

verbreitet und findet sich ganz ähnlich in der polnischen *ogurek* bzw. *ogórek*.

Holler *Holunder*
Weit verbreitet, auch in der Variante *Hoijer*. Dazu die Redewendung: *An Holler vazapfn* ‚Unsinn reden'.

Kelch *Kohl, Wirsing*
In vielen Dialekten gebräuchlich, von lateinisch *calix* ‚Kelch'. Vergleiche auch *Fruchtkelch, Blumenkelch.*

Kersch(e)n, Kersch *Kirsche(n)*
Regionale Variante aus mittelhochdeutsch *kirs(ch)e, kers(ch)e;* aus lateinisch *ceras(i)um;* vgl. niederländisch *kers* ‚Kirsche'.

Knofl *Knoblauch*
Regionale Varianten für den *Knob(e)l(auch)* sind *Knofe, Knofea* und *Knoblach.*

Oaschkitzl *Hagebutten*
Wörtlich ‚Arschkitzel'. Von den Juckreiz erzeugenden Härchen der Frucht.

Pamaranz(e)n, Pomaranz(e)n *Orange*
Früher weit verbreitet, heute veraltet. Steht oft für die Zitrusfrucht allgemein. Herkunft aus italienisch *pomo* ‚Apfel' und *arancia* ‚bittere Orange'.

Paradeiser *Tomate(n)*
Vergleiche *Paradiesapfel, Paradeisapfel.* In Westösterreich ist diese Bezeichnung schon fast verschwunden, sodass viele junge SalzburgerInnen der irrigen Meinung sind, der Paradeiser sei die ‚Tomate' der „Mundln in Wiendorf". Nur ein paar entlegene Dörfer im Land Salzburg haben sich der ‚Tomate' noch nicht gebeugt.

Radi *Weißer Rettich*
Hergeleitet von lateinisch *radix* ‚Wurzel'. Im Lungau hält sich bis heute die volle Form *Rattach.*

Roaba, Roabee *Erdbeeren*
Wörtlich ‚Rotbeere', eine alte Bezeichnung neben den regionalen

Erdäpfel

Kinderrezept

Knabbergemüse

Gemüse vorbereiten

Zutaten:
Karotten, Gurken, Paprika.

Zubereitung:
Gemüse in fingerdicke und fingerlange Stangerl schneiden.

Pikanter Dip

Zutaten:
Joghurt, 1 Prise Salz, Kräuter und Knoblauch (fein geschnitten)

Zubereitung:
Alle Zutaten in einer Schüssel vermengen. Gemüsestangerl auf einem Pappteller schön anrichten und mit dem Dip servieren!

Rona, Zwife, Wurzn

Essen & Trinken

Varianten *Ächpan, Eachpan* oder *Äschpan*. Manchmal ohne Unterscheidung auch die neuere Bezeichnung *Ananas;* in der Regel aber steht *Ananas* für die (große) ‚Gartenerdbeere'.

Rona *Rote Rübe, Rane, Rohne*
Kluge stellt den bzw. die *Rona* zum Adjektiv *rahn* ‚schlank'. Die weitere Herkunft wird als unklar bezeichnet.

Sprossenkoi *Rosenkohl*
In ganz Österreich verbreitet. Vergleiche auch österreichisch ‚Karfiol'; entlehnt aus dem italienischen *cavolfiore* ‚Kohlblume'.

Umurk(e)n *Gurke*
Ostösterreichisch; etymologisch gehört es zum Wort *Gurke,* das sich von polnisch *ogurek* ‚Gurke' herleitet.

Wei(n)berln *Rosinen*
Wörtlich ‚Weinbeerchen', getrocknete Weintrauben. Vergleiche dazu auch *Korinthen* und *Zibeben.*

Wurzn *Kren*
Weit verbreitet.

Zechbeer *Heidelbeere*
Weitere Varianten sind *Zepan, Zepia* (im Flachgau) und das poetische *Äugelbeer.*

Zwetschke, Zwetschge *Pflaume*
Daneben *Zwetsch(e)n* und *Zwesch-p(e)n.* In manchen Regionen des deutschen Sprachraums wird die späte *Zwetschge* von der frühen *Pflaume* unterschieden. Das Wort ist aus dem Romanischen entlehnt: *davascena* (lateinisch *Damascēna)* ‚Frucht aus Damaskus'. (Die veredelten Fruchtsorten stammten aus der pontischen Provinz in Kleinasien.)

Zwifl, Zwife *Zwiebel*
Regionale Aussprachevariante, bei der der Laut *b* zu einem Laut zwischen *v, f* bzw. *w* geschwächt wird.

Erdling
Kellertraube
Bramburi
Äschtepfe

Kunterbunte Aufstriche

Grundmasse
250 dag Topfen
½ Becher Sauerrahm
1 Prise Salz
Alles miteinander verrühren !!!

Kräuteraufstrich
1 Bund frische Kräuter fein schneiden und in die Grundmasse einrühren

Rohkostaufstrich
1 Apfel waschen, grob reiben. 1 kleine Karotte dünn schälen, fein reiben. Geriebenen Apfel und Karotte in die Grundmasse einrühren.

Liptauer
2 Essiggurken klein schneiden
½ rote Paprika klein schneiden
Etwas Paprikapulver
1 EL Tomatenmark
1 Prise Pfeffer

Alles mit der Grundmasse vermengen!

Wie sind Sie zum Wirt geworden?
Aus einer wirtschaftlichen Notsituation heraus hab ich nach einer Arbeit gesucht, die mich genauso erfüllt, wo ich aber mehr verdiene. So bin ich auf die Gastronomie gekommen und heute ist das Kochen für mich – eine Leidenschaft. Aber zuallererst muss ich auf meinen Betrieb und meine Mitarbeiter schauen. Dass die, die bei uns lernen, ihre Ausbildung auch zu Ende führen. In meinem Wirtshaus soll auch das Preis-Leistungs-Gefüge passen. Der Arbeitslose ist hier genauso willkommen wie der Herr Hofrat.

Sprache – was bedeutet das für Sie? Ohne Sprache geht gar nichts.

Wenn Sie noch einmal 16 wären, – was wäre dann?
Wahrscheinlich hätte ich eine Menge Vorstrafen. Die Jugend wird mit Regeln erdrückt. Wenn sie nur kleine Fehler machen, bekommen sie sofort Anzeigen bis hin zur Vorstrafe. Zu viel Struktur. Zu wenig Spielraum und Freiraum.

Was würden Sie Jugendlichen von heute gern sagen?
Macht auf jeden Fall mehr als eine Ausbildung! Lernt mehr als drei Sprachen! Behaltet euch die Bereitschaft zur Flexibilität, zur Mehrarbeit und zur Bescheidenheit. Seid auch einmal bereit, Dinge zu tun, die sich nicht rechnen. Die Erfahrungen, die unbezahlt sind, bleiben in unseren Köpfen.

Was sollten jüngere Menschen über Sie wissen?
Ich nehme nur junge Menschen auf, die in ihren Ausbildungen gescheitert sind. Viele von ihnen haben deshalb ein unheimlich schlechtes Gewissen. Ich sage, das ist Blödsinn – sie sind um eine Erfahrung reicher. Sie wissen, was Scheitern heißt. 95% der Lehrlinge, die bei mir anfangen, bringen ihre Ausbildung zu Ende. Entwicklung ist nur möglich, wenn ich auch negative Erfahrungen mache.

Haben Sie ein Lieblingswort?
Es wird alles wieder gut! – Ich sag das oft im Betrieb, wenn wir uns vor Arbeit nicht mehr auskennen.

Welches Wort mögen Sie überhaupt nicht? Du bist „brav"!

Sprach-Original

Peter Lammer

45 Jahre

Diplom-Sozialarbeiter, Unternehmer, Koch, Zirkelwirt

Jeder verdient eine zweite Chance!

Bis vor circa zwölf Jahren war ich als Sozialarbeiter tätig.

CD-Track 8

Essen & Trinken

Kinderrezept

Muffins

Zutaten:

½ Becher Zucker
¼ Becher Öl
3 Eier
1 Becher Joghurt
2 Becher Mehl
½ Becher Kakao
1 Pkg. Backpulver

Zubereitung:
Eier, Öl und Zucker in einer Schüssel mit dem Mixer schaumig rühren. Joghurt, Mehl, Kakao und Backpulver in die Schüssel geben und dazu rühren. Masse in die Muffin-Formen füllen.

Backen: bei 180° C ca. 40 min. backen.

Muffins auskühlen lassen und mit Smarties, Streusel, etc. verzieren!

Asi Schale *Käsekrainer mit Pommes frites, Ketchup und Mayonnaise*
Kurzform für *Asoziale Schale.*

Beauty-Food *Schönmacher-Essen*
Mischung zwischen Nahrungsmitteln und Kosmetika. *Ich glaub, du brauchst mehr Beauty-Food!*

Bibo, Biwo *Bier*
Vergleiche slowenisch *pivo.* Die Laute *b* und *w/v* stehen in enger Beziehung, *b* wandelt sich häufig zu *w/v: arbeiten › åowat(e)n. Bibo* ist zudem eine – für die Kindersprache signifikante – Doppelung: *Papa, Mama, Lulu, Remmidemmi, SchnickSchnack* etc.

Bienenkotze *Honig*
Jugendsprachliche Neubildung.

Blechweckal *Dosenbier*
Scherzhafte Gelegenheitsbildung.

Blockfisch *Fischstäbchen*

Buttn *essen*
Aus dem Jenischen.

Cocacoliker *Süchtiger nach diesem braunen Saft*

Coffee to go *Kaffee zum Mitnehmen*
Hat ein ziemlich junges Gesicht.

Döneria *Türkischer Schnellimbiss*
Verfeinert durch einen Anklang von „Pizzeria“.

Drehkost *Döner Kebab oder Gyros*
Dabei wird das Fleisch in dünnen Scheiben von Drehspießen geschnitten und mit Zwiebeln und Tomaten in einem Weißbrot serviert.

Fidschi essen *Chinesisch essen gehen*

Frayzen *Essen*
Neuschreibung von *fressen.*

Fressflash *Heißhungerattacke*
Von englisch *flash* ‚Blitz‘.

Fresskick *Fressanfall*
Von englisch *kick* ‚Anstoß, Stoß‘.

Gartensalami *Gurke*

Snacken, mampfen, hochessen

Gemma Billa!
Gehen wir (Lebensmittel) einkaufen!

Glutamat Palast *Fastfood Restaurant*

Kraftsaft *Energy drink*
Österreichische Neubildung.

Lebensmittelschwanger *Völlegefühl*
Nach dem Verzehr reicher oder blähender Mahlzeiten.

Mäci *McDonalds*
Wortkürzungen mit Ableitung auf *-i* sind besonders jugendsprachlich weit verbreitet. Vergleiche auch *Mc-Job* für ‚Gelegenheitsarbeit'.

Packalwirt *McDonalds*
Essen zum Mitnehmen in der bekannt müllintensiven Verpackung.

Gemma Billa oda Glutamat Palast?

Pomfrithütt(e)n *Speiselokal mit Durchschnittsküche*
Ableitung von den in Fett gebackenen Kartoffelstäbchen.

Schokoholismus, Schokoholiker(in)
Auf Schokolade sein
Suchtähnlicher Appetit auf Schokolade.

Snacken *Eine Kleinigkeit essen, einen Imbiss einnehmen*
Vom englischen *snack* ‚kalte Zwischenmahlzeit'.

Sugar *Zucker*
Aus dem Englischen übernommen.

Tasty *Köstlich, voller Geschmack*
Von englisch *taste* ‚Geschmack'.

Tschechern *(exzessives) Alkohol trinken*
Ableitungen: *Tschecherer, Tschecherant* sowie *Tschecherl* ‚Lokal, Beisl'. Übernommen von hebräisch *schikar* ‚Bier' oder von rotwelsch *schecher.*

Kinderrezept

Nudeln mit Soße

Zutaten:
Zwiebel, Knoblauchzehe, Olivenöl, Tomatenfruchtfleisch aus der Dose;
Basilikum, Oregano, Tomatenmark, Salz, Pfeffer, eine Prise Zucker; Nudeln.

Zubereitung:
Nudeln im Salzwasser bissfest kochen.
Zwiebel würfelig und klein schneiden und in einem Topf mit etwas Olivenöl hell anrösten.

Tomatenfruchtfleisch schneiden und zu den Zwiebeln in den Topf geben.
Gewürze in die Soße geben und abschmecken!

Schau auf di!

Was sind Goiserer?

Diesen Schuh „erfand“ ein Schuster und Bergführer aus Bad Goisern.

Weil er auf einer Bergtour seine Schuhe verlor und (der Legende nach) barfüßig und äußerst verärgert nach Hause gehen musste, erfand er Schuhe mit Handnähten. Sie waren geschmeidiger und robuster.

Trittsicherheit und Rutschfestigkeit erzielte der Schuster, indem er Schuhnägel und „Sohlenzähne“ aus Eisen verwendete.

Bus(e)nkraxn *Büstenhalter*
Scherzhaft, kaum noch gebräuchlich. Wie die *Bucklkraxn* auch ein ‚Gerät zum Anschnallen‘.

Gilet *Ärmellose Weste*
Aus der französischen Mode, das *Leiberl, Laibe* unter dem Männerrock.

Glangglտuta *Hängebusen*
Vom Dialektwort *glanggln* ‚hängen, bimmeln‘. Aus der Vulgärsprache, zugleich ein Beleg für die Sprache der Jugend am Land. Eine entsprechende, wienerische Prägung ist *Tutlsheriff* für ‚Politesse, Polizistin‘ aus der Krimiserie „Kottan ermittelt“.

Glappal, Klapperl *Sandalen*
Wohl lautmalerisch. Aus dem Osten eingebürgert.

Goiserer *Bergschuhe*
Nach dem Herstellungsort benannt. Besonders robuste, da doppelt, also mit einer Zwienaht genähte schwere Schuhe. Ursprünglich aus Manufakturen in Bad Goisern.

Händling *Fäustlinge*
Der *Hantleng* unterschied sich zusammen mit dem *Faistleng* vom *Fingaleng* dadurch, dass nur der Daumen gesondert gestrickt war. Nicht zu verwechseln mit dem Anglizismus *Handling.*

Janker *(Männer-)jacke, dicker Wollrock, Walkjanker*
Auch als ‚Joppe‘ bezeichnet.

Kitt(e)l *Damenrock, Schürzenkleid, Unterrock*
Weit verbreitet; leitet sich ab von mittelhochdeutsch *kit(t)el* ‚hemdartiges Gewand‘. Weitere Herkunft ungeklärt. Dazu ergänzt sich der *Unterkittl* ‚Unterrock‘.

Kombinäsch *Unterwäsche*
Städtisch, aus dem Osten Österreichs und ursprünglich von französisch *combinaison* ‚Damenunterhemd und Damenunterhose/Slip‘.

Kutt(e)n *Kutte, Kleid*
Abwertend. Z.B.: *A wüd schiache*

Kleidung und Körperpflege

Kuttn. In der Jugendkultur steht Kutte für eine ‚Jeansweste' oder ‚Lederjacke', auf der Metalfans diverse Aufnäher anbringen, die musikalische Vorlieben ausdrücken.

Pelerine *Ärmelloser Umhang, Regenmantel*
Aus dem Französischen. Mitunter verdeutlicht zu ‚Regenpelerine'. Kaum mehr gebräuchlich.

Pfoad *Hemd*
Das Wort geht auf das gotische *paida* ‚Hemd' bzw. auf das griechische *baítē* zurück. Manchmal wird unterschieden zwischen *Hemad* ‚Hemd aus feinem Stoff' und *Pfoad* ‚Hemd aus grobem Stoff'. Auch die Unterscheidung *Hemad* ‚Hemd mit durchgehender Knopfleiste' und *Pfoad* ‚Hemd mit nicht durchgehender Knopfleiste' kommt vor. Die *Pfoad* konnte auch das ‚Nachthemd' oder ‚Unterhemd' sein, man sprach dann gerne in der Verkleinerungsform vom *Pfoadai* ‚Nachthemdchen', ‚Unterhemdchen'.

Såcktiach(e)l, Schnaiztiache, Schneuztüchl *Taschentuch*
Für das (Stoff-)Taschentuch gab es früher mehrere Bezeichnungen. Neben *Sack-, Rotz-* oder *Schneuz-tuch* bzw. *-tüch(e)l* auch pejorative Bezeichnungen wie *Schnaizhuder(n), Schneuzfetzen,* scherzhaft auch *Schneuzquadrat.* An ihre Stelle sind Markennamen für Papiertaschentücher wie ‚Feh' und ‚Tempo' getreten.

Schåik (Schalk) *Männerrock*
Gewöhnlich aus Wolle oder Loden ist die *Schåik* genannte ‚Männerjacke', aus der im Diminutiv *Schalke(l)* (gesprochen *Schaike)* wird. Heute versteht man darunter meist eine Männerweste, manchmal bereits mit negativer Konnotation. Ursprünglich die Bezeichnung für ein ärmelloses Oberteil, das von Männern unter dem Rock (Sakko, Blazer) getragen wurde. In manchen Regionen, so in Teilen Oberbayerns, früher auch als Bezeichnung für das ärmellose Westchen bei der Frauentracht.

Was ist ein Trachtenkaftan?

In Ludwig Zehentners Wörterbuch „Bairisches Deutsch" meint *Trachtenkaftan* ein ‚Hemd', ‚trachtenmäßiges Hemd'.

Die *Pfoad* als ‚Trachtenkaftan' soll diese Attribute haben: weit, grober Stoff, möglichst viele Applikationen, vorzüglich Edelweiße und große Hirschhornknöpfe.

... aber *Trachtengruppe* ‚Polizisten in Uniform' (siehe Seite 143).

Kleidung & Körperpflege

„Als ich Schifahren lernte, bekam ich eine Hose. Die Nachbarn haben sich furchtbar aufgeregt, dass ich als Mädchen Hosen anhatte."

„Ich wollte meine Zöpfe mit 17 abschneiden und musste meinen Vater fragen. Der erlaubte es mir, aber nicht ganz, sondern schulterlang."

„Wir durften das Haar nicht offen tragen."

„Wir Mädchen hatten Gretelfrisuren. Vor den Ohren haben wir ein Haarschopferl abgeschnitten, das dann heraushing. Meine Mutter wollte das nicht, ich sollte das Haar streng zurückfrisieren und sie zog mich an diesem Schopferl und schüttelte mich."

Schau auf di!

Schoß (der/die) *Schoß, Rock*
Schoß, der weibliche Schoß, bezeichnet den ‚Winkel zwischen Oberschenkel und Unterleib'; vergleiche dazu *Mutterschoß, ein Kind auf den/die Schoß nehmen.* In der zweiten Bedeutung steht *Schoß* für den ‚Damenrock', wie er in den 1950ern bis 1970ern nahezu Damen-Uniform-Charakter angenommen hat.

Tschako *Hut, Kappe*
Weit verbreitet; von ungarisch *csáko* ‚Husarenhelm'.

Untergatte, Gattehos(e)n *Unterhose, lange Unterhose*
Ländlich. Heute nahezu verschwunden bzw. zuweilen noch scherzhaft in Verwendung.

Das Wort stellt ein Erbe des Vielvölkerstaates dar: sowohl das Ungarische mit *gátya* ‚Unterhose' als auch slawische Sprachen (im Urslawischen **gatje* ‚Beinkleid') kommen als Gebersprache in Frage.

Das Kompositum *Gattehos(e)n* ist ein so genanntes Lindwurm-Kompositum, eine verdeutlichende Bildung durch Verdoppelung. So auch Lindwurm aus altnord. *linnr* ‚Schlange'.

KÖRPERLICHES UND KÖRPERPFLEGE

Brillantine *Pomade für die typische Schlurffrisur*
Weit verbreitet; im „Gschupften Ferdl" schmiert sich der Ferdl mit Brillantine seine Locken ein und geht dann mit der Mitzi (ab)tanzen.

Brunz(e)n *Urinieren*
Bezeichnung aus einem variantenreichen Eck des Wortschatzes. Vergleiche: *bieseln, wiesche(r)ln, saichen* (ausgesprochen: *soachen*), *brunz(e)n, schiff(e)n, lud(e)ln.*

Ohr waschl

Kleidung und Körperpflege

Gosch(e)n *Mund, Maul*
Die *Gosch(e)n* ist eigentlich das ‚Maul des Tieres'. Davon abgeleitet auch das Verb *gosch(e)n* ‚maulen' und ein Adjektiv *goschert* ‚frech, redegewandt'. Die Aufforderung *Goschn!* meint: ‚Halt den Mund!'

Hax(e)n *Hinterlauf der Tiere, Füße, Beine*
Weit verbreitetes, bis heute übliches Dialektwort. Die Verwendung für den menschlichen Körper hat fast derbe Züge: *Tua deine Haxn von da Bånk!*

Ohrwasch(e)l *Ohr*
Daneben die Bezeichnungen *Ouan, Oua(n)wasch(e)l,* auch *Öhrling.* Spöttisch zuweilen die *Loser.* Vom Verb *losen* ‚zuhören': *Sperr deine Loser auf!*

(P)furzen, (p)fürzeln *Bauchwinde ablassen*
Weit verbreitet, vulgärsprachlich; gehört zu mittelhochdeutsch *vurz* ‚Darmwind'. Vergleiche *Schas, schas(e)n* bzw. *Schoaß, schoaß(e)n* zum Verb ‚scheißen'.

Tröpferlbad *Öffentliches Brause- und Wannenbad*
Mit den Anstalten verschwand auch die Bezeichnung.

Wampe *Bauch*
Von mittelhochdeutsch *wamme* ‚Bauch, Mutterleib'. Das *Wamperl* ist das ‚Bäuchlein'; das abgeleitete Adjektiv lautet *wampert, gwampert.* Davon ist das Substantiv der/die *Wamperte* ‚der/die Dickleibige' gebildet.

Zwåg(e)n, zwåch(e)n, zwouch(e)n *(Gesicht) waschen*
Das mittelhochdeutsche Verb *zwahen, zwag(e)n* ‚waschen' und hat sich in dieser Form als Dialektwort in manchen Regionen erhalten, vornehmlich in entlegenen Talschaften (z. B. Oberpinzgau und Zederhaus). Vergleiche dazu die *Zwåg-* oder *Zwougschissel* ‚Waschschüssel', die dort noch bekannt ist.

SprichWörtliches

Die Katze im Sack kaufen

„Das schau ich mir erst genauer an – ich kauf doch nicht die Katze im Sack!"

Natürlich möchten wir erst ganz genau wissen, wofür wir unser Geld ausgeben und prüfen daher sorgfältig, ob auch alles so ist, wie wir uns das vorstellen.

Im Mittelalter war das manchmal nicht so einfach. Da wurden Kaninchen oder Ferkel am Markt nämlich nicht in Ställen, sondern in Säcken angeboten. Das brachte Betrüger schnell auf die Idee, statt der wertvollen Ferkel und Kaninchen wertlose Katzen in den Sack zu stecken und zu verkaufen. Wenn der Käufer nicht gut aufpasste, kaufte er also die Katze im Sack.

Schau auf di!

WAS IST IN?

„In“ bei den Mädchen:
offene Haare, lila Gewand

Nicht „in“:
rosa und pink

Man sollte hören:
Lady Gaga, Justin Biber

„In“ bei den Jungen:
kurze bis schulterlange Haare, buntes Gewand

Wirtschaftskundliches Realgymnasium, 4 D Klasse
Elisabeth Kranzinger

Abschleppöse, Alupickel *Piercing*
Von englisch *to pierce* ‚durchbohren, durchstechen‘.

Achselfell *Behaarung unter den Achseln.*
Kann zu „Achselterror“ führen, wenn man starke Schweißflecken hat.

Amateurlocken *Ungekämmte, verfilzte lockige Haare*

Arschgeweih, Arschvignette *Tattoo über Hintern und Steißbein*

Batterie *Kopf, Gehirn, Bewusstsein*

Beckal *Tatoo, Tätowierung*
Von *pecken, picken* ‚mit einem Schnabel oder spitzem Gegenstand auf etwas einhacken‘. Dazu ergänzt sich das Verb *beck(e)n* ‚tätowieren‘.

Bewollt *Behaart*

Biotonne *Übergewichtiger Vegetarier*

Busch *Genitalbehaarung*

Clerasiltestgelände *Pickelgesicht*

Drahtmaul *Zahnspangenträger*

Erdbeerwoche *Menstruation, weibliche Periode*

Erdbeerwolke *Menstruationsblut im Slip*

Geld-zurück-Gesicht *Hässliches Gesicht*

Gesichtsfasching *Unattraktives Gesicht*

Grill, Kühlergrill *Zahnspange*

Guck *Auge*
Ableitung von ‚gucken‘. Kann auch ein ‚blaues Auge‘ bezeichnen.

Günther haben *Mundgeruch haben*

Hochessen *Sich erbrechen*
Bei der Ess-Brechsucht oder Bulimie leiden die Betroffenen unter extremer Angst vor Gewichtszunahme.

Von Kopf bis Fuß

Sie ergreifen daher neurotische Gegenmaßnahmen wie Erbrechen, exzessiver Sport, Abführmittel, Einläufe.

Hügellandschaft *Pickelgesicht*

Hungerturm *Ein dünner Langer*

Mädchen-TÜV *Frauenarzt, -ärztin*

Panorama *Breiter Hintern*

Pickelvulkan *Pickel im ganzen Gesicht*

Pornobrille *Große Piloten-Sonnenbrille*

Sticksi *Spindeldürr*
Von englisch *stick* ‚Stock, Stange'.

Erdbeerwolke Achselfell Arschvignette Batterie Hungerturm Pornobrille Beckal Drahtmaul Biotonne

Marün *Kopf*
Wörtlich: ‚Marille'.

Mundwinkeltripper *Herpes*

Nashornfrisur *Nach vorn gegelte Haare*

Naturwollsocken *Stark behaarte Beine*

Subis *Zähne, Mund*

Surfboard *Binde, Slipeinlage*

Tank *Magen*

Vas(e)n *Kopf*
Wörtlich: ‚Vase'.

Burn on
Burn out

Naschma, oida!
oida, Changen
Gemma hazn!
Kick off, oida!
Krochn
Schichtln
Shaken,
då shakst di åb!

Kroch ma eini
in die Hittn!

oida, haeng åb!
Bleib down, Siis ...
Chill out.

CD-Track 17

Große Liebe

De håt scho wieda an ondan Haberer!

Am Schwung geh(e)n *Zum Tanz gehen, ausgehen*
Gemma am Schwung! ‚Gehen wir tanzen!' ‚Wollen wir ausgehen?'

Bussl, Busserl, Bussi *Vornehmlich der Wangenkuss*
Süddeutsch bzw. österreichisch. Seit dem 17. Jahrhundert die familiäre Bezeichnung für ‚(Wangen-) Kuss' mit dem Verb *(ab)bussln.* Wahrscheinlich mit lautmalerischer Grundlage. Vergleiche das *Naidl.* Sowie *Bussi, Bussi* und *Bussigesellschaft.*

Fenster(l)n *Nächtlicher Besuch eines Verehrers oder heimlichen Liebhabers am Fenster*
Dazu wurde eine Leiter benötigt, sofern die Menscherkåmmer im Obergeschoß lag.

Feschak, fescher Haberer
Fescher Kerl, der auf sein Äußeres Wert legt
Fesch von neuenglisch ‚fashionable'; Entlehnung im Wiener Raum, von dort weitere Verbreitung. *Haberer* für ‚Freund, Kumpel' ist in ganz Österreich, vornehmlich aber im Osten verbreitet.

Kommt aus dem Jiddischen bzw. Hebräischen, von *haver* ‚Gefährte'. *De hat scho wieda an ondan Haberer!* ‚Sie hat den Freund (Geliebten) schon wieder gewechselt'.

G(e)spusi *Liebesverhältnis, Liebschaft*
Von italienisch *sposa* ‚Verlobter, Bräutigam'. Vergleiche die altdeutschen Begriffe *Gespan, Gespons,*

die in den regionalen Dialekten noch gebräuchlich sind.

Goldschaferl *Liebling*
Kosewort mit Raritätswert.

Herzbinkerl *Liebling*
Binkerl leitet sich ab von *Binkel*, in der Form eines Diminutivs, ‚Angefülltes, Geblähtes, Gewölbtes'. Daher die Bedeutung ‚Tasche'. *Jetzt kannst (du) dein Binkerl packen und gehen.* Auch auf Personen anwendbar: *Die is a schens Binkerl worden.* Also ‚dick geworden'.

Herzi Krazi *Mein Liebling*
Vergleiche dazu *herzig* ‚lieb' und ‚Kratzfuß'.

Naidl, Naidai *Liebkosung, bei der Wange an Wange gedrückt wird*
Auf dem Land ist das Wort noch gebräuchlich. Der Vorgang selbst ein Merkmal der Bussi-Bussi-Gesellschaft. Bleibt der *Schmatz* zu erwähnen, der freilich noch nicht ganz gesellschaftsfähig ist.

Pupperlkutsch(e)n, Pupperlhutsch(e)n *Vespa, Motorroller für die Ausfahrt mit einem Mädel*
Aus den 1950ern und 1960ern, als sich die Motorisierung noch vielfach auf Zweiräder beschränkte. Ob es sich auch um eine *Pupperlkutschn* handelt, wenn das Mädel selbst am Steuer sitzt, ist zu überlegen.

Mausi
Puppi
Herzi
Krazi
Bussi Gspusi Waiwi
Schatzi

Schatzi, Mausi, Puppi, Mandi, Waiwi *Kosewörter*
Großteils genderneutral und nach wie vor umgangssprachlich im Gebrauch.

Schatzerl, Schatzi *Liebling*
Darf nicht fehlen, muss nicht näher erklärt werden.

Große Liebe

Schmatz *(Wangen-)Kuss*
Lautmalerisch. Eher im städtischen Raum üblich. *Schmatz* lässt auch an ‚schmatzen' denken, was nicht unbedingt erotisierend oder erotisch wirkt. Aber: *Åbbusslt håm se se, dass nur so gschmatzt håt.*

Schmus(e)n *Liebkosen, einander herzen*
Von Rotwelsch *schmußen* ‚schwatzen'. Diese ältere Bedeutung ist noch aufrecht in der Redensart: *An Schmus daherreden* ‚Unsinn erzählen'.

Der Bedeutungswandel ist wohl deshalb eingetreten, weil dem einen das andere vorausgeht oder auch damit einhergeht.

Spatz(l), Spåtz(er)l, Spatzi *Kosenamen für den Geliebten, die Geliebte*
Bis heute allgemein verbreitet.

Spezi *Guter Freund*
Seit dem 19. Jahrhundert für den ‚Kumpel, Freund'. Wortkürzung aus ‚Spezialfreund'. Auch in den Versionen *Spezl, Spezai* etc. Gelegentlich, aber selten eindeutig, in der Bedeutung ‚Freund, Geliebter'.

Techtelmechtel *Liebelei, Tändelei, verborgene Liebesbeziehung*
Aus dem italienischen *teco meco* ‚ich mit dir, du mit mir', was ein insgeheimes Einverständnis andeutet.

Eine zweite etymologische Herleitung verweist auf das jiddische *techti* ‚heimlich'.

Tschamsterer, Tschamster *Hausfreund, Liebhaber*
Auch übernommen in der schnellen Aussprache *Tschamster/gschamster Diener* ‚Gehorsamster Diener'; hier 'gehorsam' in einem ironischen Sinn.

Zuckergoscherl *Kussmund*
Kosename, bei dem das *Goscherl* ‚Mündchen' zuckersüß ist und stellvertretend für den geliebten Menschen aufgefasst wird.

Wie teilen Sie Ihre Arbeit ein?
Ich habe eine 5-Tage-Arbeitswoche von Donnerstag bis Montag. Ich mache mit meinen Gästen eine fix vorgegebene Runde von 25 Minuten. Damit der „Mistboy“ schnell die Hauferln einsammeln kann.

Was bedeutet „Generation“ für Sie?
Für mich sind das die eigenen Kinder und Enkelkinder.

Welche Rolle spielt die Sprache bei Ihrer Arbeit?
Englisch hab ich mir selber ein bissel beigebracht, denn ich war früher Lohndiener im Österreichischen Hof, heute heißt es Sacher. Manchmal wünsch ich mir aber, ich wär ein bissel internationaler. So red' ich halt immer wieder mit Händen und Füßen.

Was ist Ihr Eindruck, wenn Jugendliche miteinander reden?
Die Sprache und die Umgangsformen heute sind extremer. Aber ich weiß, dass die Jugendlichen das gar nicht so meinen.

Was möchten Sie jüngeren Menschen über sich sagen?
Arbeit ist das Wichtigste für mich. Und es sollte auch das Wichtigste für Jugendliche sein, damit sie nicht so viel Leerlauf haben. Beschäftigung ist wichtig und Anpassung.

Was ist Ihr Lieblingswort?
Ich sag zu meiner Frau immer „Sonnenschein“.

Welches Wort mögen Sie überhaupt nicht?
Schimpfwörter.

Ihre Redensarten für den Dauergebrauch?
Darf ich Ihnen was erklären? Hat es Ihnen gefallen? Auf Wiedersehen! Bis zum nächsten Mal! Wüa! (Um die Pferde zum Gehen zu bringen.) I foa 50 Minutn. (Bei einer außertourlichen Tour.) I geh aufs Topferl. (Wenn ich aufs WC muss.)

Sprach-Original

Franz Wörister

56 Jahre

Fiaker-Fahrer

Arbeit ist das ganze Leben!

Mein Tag beginnt um 7 mit der Stallarbeit. Entmisten, Pferde putzen, die Kutsche reinigen, Geschirr anlegen. Bis 10 Uhr müssen sich alle 14 Fiakerkutschen am Residenzplatz eingefunden haben.

CD-Track 16

Liebe & Erotik

aufpimpen
anbaggern
Date & Flirt
Bock haben
aufbrezeln
abblitzen
... Pech

Abblitzen, abservieren *Eine Abfuhr, Absage bekommen oder erteilen*
Der is bei mir abblitzt. Die håb i åbserviert.

Alleinsam *Allein und einsam*
Zu zweit is' schöner und net so alleinsam.

Anbaggern, angraben *Aktive Partnersuche betreiben*
Eine Person von erotischem Interesse ‚anmachen'; Kontaktaufnahme zum Zweck des Kennenlernens und Anbandelns.

(Sich) aufbitchen, aufpimpen *Sich zurechtmachen*
Anglizismen für alle Arten von Kampfverschönerung vor *Dates* ‚Treffen' oder für Exkursionen in die Aufrisszone. Von englisch *bitch* ‚Flittchen', *to pimp* ‚etwas verbessern, sich zurechtmachen, aufdonnern'.

(Sich) aufbrezeln *Sich schminken, zurechtmachen*
Uròsterreichisch.

Augenorgasmus *Optischer Hochgenuss, Augenweide*

Augensex *Blickkontakt mit Flirtabsicht*

Back-up *Unterstützung, Rückhalt, Reserve*
Die Sicherungskopie für technische Daten hat eine zweite Bedeutung bekommen: emotionale Rückendeckung geben. Ein *Back-up-Freund* hilft, wenn man in der Disco jemanden toll findet. Er kümmert sich um seine Freundin, auch wenn er kein erotisches Interesse an ihr hat.

ANAL:
Alles nur aus Liebe

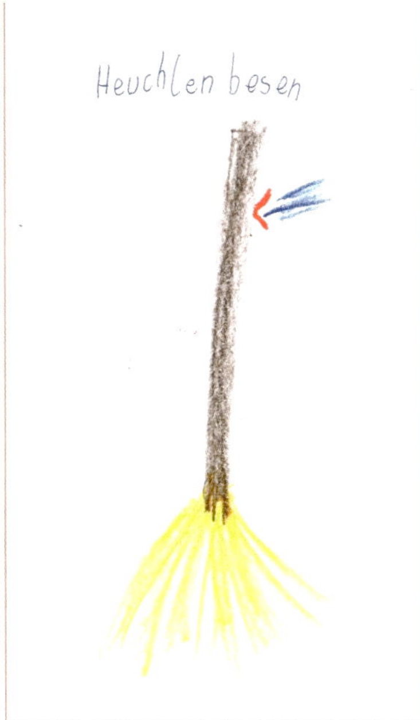

Bock haben *(Sexuelle) Lust haben*

Date *Treffen, Verabredung; Person, mit der jemand verabredet ist*
Ich hab am Freitag gleich drei Dates. Zwei meiner Dates sind nicht gekommen.

Aus dem Englischen. Anglizistischer Nachfolger für das französische *Rendezvous*. Das *Blind Date* ist allerdings neu. *A blinds Randi* (Kurzform für Rendezvous) ist als Wortschöpfung unbekannt.

Flirt(en), abflirten *Liebevoller Augenkontakt, Flüstern zur Kontaktaufnahme*
Ewig junger Ausdruck für jenen magischen Moment, in dem zwei Individuen durch den Funkenflug blitzender Augen Bereitschaft signalisieren, ein Paar zu werden.

Flirt(en) gelangte im 19. Jahrhundert vom Englischen ins Deutsche. Die ursprüngliche Bedeutung ist ungeklärt.

Forever *Ewig, für immer*
Unentbehrliches englisches Vokabel, um Gefühl zu zeigen. Auch wenn ‚ewig' manchmal ziemlich kurz ausfällt.

Friends with benefits *Platonische Freunde mit erotischer Zusatzfunktion*
Freunde, die sich mögen, kein Paar sind, aber manchmal *miteinander schlafen*.

Heuchlerbesen *Blumenstrauß*
Kreativ-bildhafter sprachlicher Ausdruck für floristische Geschenke, um eine Angebetete gnädig zu stimmen. Bleibt diese Gunstbezeugung wirkungslos,

Liebe & Erotik

Kuscheln, Knuscheln, Knutschen – meine Lieblingswörter

aber der Trieb des Werbers brennend, kann mit einem *Haxenspreizer* ‚Wodka Zitrone' bzw. einfach ‚Hochprozentigem' ein weiterer Versuch unternommen werden.

Hobby-Angler *Herzensbrecher mit durchsichtigem Begehren*

In jemanden sein *In jemanden verliebt sein*
Kürzel oder Aussparung. Der woa total in mi.

Knuscheln *Knutschen und kuscheln*
Eine Wortkreuzung.

Knutschen, herumknutschen *Zärtlichkeiten, Küsse austauschen*
In Wahrheit: ein Evergreen.

Kuscheln *Nestwärme spendender Körperkontakt*
Nicht auf Liebespaare zu beschränken.

Pärchenterror *Omnipräsenz glücklicher Paare*
Besonders im Frühling, wenn diese „Glücklichen" wieder Händchen haltend und knutschend aus ihren Winterhöhlen kriechen, um die Welt für sich zu vereinnahmen, kann dies zur emotionalen Härteprobe werden. Singles fällt es dann wie Schuppen von den Augen: Sie mögen vieles haben, was auch glücklich macht. – Bloß eines nicht, eine Beziehung!

Schneck! Attack!!!

Schneckattack *Spontanbegegnung mit mehreren attraktiven Mädchen*
Hoher Stressfaktor, Wirbel und Aufruhr in der organischen Chemie, Wetterleuchten im Gesicht, möglicherweise Verlust der Stimme. Tröstlich – das geht schnell vorbei.

Schlusswunde *Ein poetischer Volltreffer für: Ganz normaler Liebeskummer*

Kuscheln, Knuscheln, Knutschen – meine Lieblingswörter

„Forever“ in der Aufrisszone

Zweifellos, es tut weh, wenn es dich trifft. Denn es tut immer weh, wenn es dich gerade trifft.

Stornokarte *Ende der Beziehung*
Kann den älteren ‚Laufpass‘ ersetzen.

Turteln *Flirten, Zärtlichkeiten austauschen, verliebt sein*
Von den *Turteltauben,* englisch ‚Lovebirdies‘.

Twentyfourseven *Pausenlos und immerzu, 24 Stunden und 7 Tage*
Wahre Liebe ist endlos …

HAUTNAH

Aal catchen *Zungenküsse austauschen*
Wird auch als ‚züngeln‘ bezeichnet.

Einhandsegeln *Sich selbst befriedigen*

Gamsig *Sexuell erregt*
Nicht neu, behauptet in der Jugendsprache aber einen festen Platz.

Paradiesdress *Nackt sein*

Pippi Langstrumpf *Kondom*
So rückt Kinderliteratur in die Sexzone.

Poppen, puddan, schnackseln, ficken *Geschlechtsverkehr haben*
Etwas aggressiv sind diese Ausdrücke leider alle.

Quickie
Schneller Geschlechtsakt; alles was vergleichsweise (zu) schnell geht
Von englisch *quick* ‚schnell‘. Auf Sexualität bezogen: Mit dem Merkmal eines stark verkürzten oder fehlenden Vorspiels. Im erweiterten Sprachgebrauch eine (stark) verkürzte Aktion.

Slow Sex *Langsamer Geschlechtsakt*
Von englisch *slow* ‚langsam‘. Das Gegenteil zum Quickie.

Speicheltanz *Zungenkuss*

Wuschig *Erotisiert, sexuell erregt sein*

Freizeit ...

„Ich musste am Samstag im Lebensmittelgeschäft bis 19.00 Uhr arbeiten und hatte nur am Sonntag frei."

„Auf dem Bergbauernhof gab es kein Wochenende, aber am Sonntag gingen wir alle in die Kirche, zwei Erwachsene mussten daheim bleiben, das Vieh versorgen und kochen. Am Nachmittag durften wir spielen."

„Mein Onkel hat uns ab und zu besucht und wir bekamen etwas Geld von ihm. Mein Bruder und ich gingen dann zum Kramer und kauften uns Zuckerl. Als meine Mutter dahinterkam, gab es ein Donnerwetter, denn wir hätten das Geld sparen sollen. Die Zuckerl schmeckten uns dann nicht mehr."

Feierabend

Beisl Österreichisch *Gasthaus, Kneipe*
Aus dem Rotwelschen und Westjiddischen *bajis* ‚Haus' entlehnt.

Brettln *Schi*
Bis um 1960 haben Wagner – ein heute ausgestorbener Beruf – einfache *Brettln* aus hartem und doch elastischem Eschenholz gefertigt, manchmal sogar aus alten Fassdauben. Ordentliche Bindungen und Stahlkanten waren lange Zeit unbekannt bzw. Luxus. Die Bezeichnung *Brettln* ist den Hightech-Skiern von heute geblieben. Allerdings sind mittlerweile die *K(ch)aava* ‚Carving Ski', vergleiche englisch *to carve* ‚(ein)schneiden', auf dem besten Weg, die Brettln zu verdrängen.

Fetzenloaberl *Fußball*
Weit verbreitet; aus dem Osten von Österreich, wie aus der Lautung *Laberl* (mit langem *a*) hervorgeht; im Westen wird das lange *a* als *oa* gesprochen: das *Loaberl.* Vergleiche auch *haaß* und *hoaß, braad* und *broat.*

Kåat(e)n dipp(e)ln *Kartenspielen*
Dipp(e)ln findet sich auch in *Tippelbruder* ‚Vagabund' oder *Bierdippler* ‚einer, der sich zum Biertrinken viel im Wirtshaus aufhält'.

Schatz(e)n, ratsch(e)n, bleabern *Sich unterhalten, austauschen*
Die zwei letzteren Ausdrücke können eine Negativbedeutung annehmen. Eine Vielrednerin, die Gerüchte weitergibt, wird zur *Ratschkathl* und einer, der redet ohne viel Inhalt zum *Bleabara* oder *Laaschatza.*

Schlifitzen, schlifetzen
Auf dem Eis schlittern, eislaufen
Das alte Dialektwort ist auf mhd. *slifen, slipfe* ‚gleiten, (aus)rutschen' zurückzuführen. In Oberösterreich auch als *schlifitzen, schlifätzen, schlipfätzen* gebräuchlich. Gehört zur Wortfamilie von ‚schleifen'. Ähnlich zu diesem Vorgang verhält sich das Verb *glandern* ‚gleiten', ‚entgleiten'. Im übertragenen Sinn ist ein *Glanderer* eine ‚Person, der alles entgleitet'; er ist nicht in der

Sonntag, Ruhepause

Lage, seinen Alltag zu organisieren, ist gewissermaßen das Gegenteil eines jugendsprachlichen Checkers.

Am Schwung gehn *Ausgehen, zum Tanzen gehen*
Gemma am Schwung? ‚Gehen wir tanzen?'

Auf Lepschi gehen *Sich zum Vergnügen herumtreiben*
Aus dem Tschechischen; von *lepsi* ‚sich auf die Suche nach Besserem machen'. Verwandte Redewendungen sind *auf da Gaudi sei(n), auf da Geh sei(n), leisch(e)n geh(n).*

Kiritåg, Kirchtåg, Kiatåg, Kürchtåg, Kürwa *Dult, Kir(ch)tag*
Kiritåg, so ausgesprochen im Salzburger Norden, wo zwischen *r* und *ch* ein weiterer Laut zur leichteren Aussprache eingeschoben wird, ein so genannter Sprossvokal; das gleiche Phänomen auch bei *Berg › Bearig* oder *Korb › Koarib* etc. In der Folge ist von *Kirich* das auslautende *ch* abgefallen (wie bei *ich › i, doch › do* etc.). Es bleibt: *Kiri.* Hier in der Zusammensetzung *Kiritåg, Kiatå, Kirchtåg; Kürchtåg* heißt es Innergebirg. Das Wort *Dult* war früher im ganzen Südosten des deutschen Sprachraums (dazu zählt auch Österreich) verbreitet und bedeutet ‚Volksfest'. Mit der „Salzburger Dult" hat sich diese Bezeichnung erhalten. Die beiden Bezeichnungen sind jedoch nicht bedeutungsident. *Kürwa,* auch Kirba gesprochen, leitet sich von ‚Kirchweih' ab.

Strawanz(e)n *Herumstreunen, bummeln, sich herumtreiben*
Aus dem italienischen *stra viare* ‚über die Wege ziehen'. Ein *Strawanzer* ist also ein ‚Streuner' und ‚Bummler'. *Strawanz(e)n* kann aber auch das harmlose Freizeitvergnügen einer auf Schwerarbeit fixierten Leistungsgesellschaft sein, die für die wenigen Mußestunden nicht mehr anzubieten hat, als ein wenig um die Häuser ziehen. Laut Kluge kommt *strawanzen* aus der Studentensprache und bedeutet ‚bummeln'.

… ein Fremdwort

„Weihnachten und Namenstage wurden gefeiert, Geburtstage weniger. Gewisse Namenstage waren Feiertage wie z.B. Josefi (Josef) und eben der Rupertitag (Rupert). Am Namenstag gab es als Geschenk einen Strauß Wiesenblumen nach dem Kirchgang und es wurde gratuliert. Das war alles."

„Das Wort Freizeit war ein Fremdwort für mich."

„Damals war der Elvis aktuell. Später die Conny und der Peter Kraus. Mein Ziehvater, Jahrgang 1914, sagte zum Elvis immer ‚der Preslmeier, der Häuter'."

SeniorInnen vom Ergotherapie-Gedächtnistraining Itzling

Junge Freizeit

Die Szenesprache **der Fußballer**

Die Fußballersprache in Österreich hat ihre Wurzeln in den Arbeiterbezirken von Wien, wo die meisten Spieler wie auch die begeisterten Anhänger daheim waren. Anfang des 20. Jahrhunderts schoss man in Wien ein **Steirergoal** mit einem **Fetzenlaberl.**

Mit der Zeit wurden die Begriffe in die anderen Bundesländer getragen, so auch nach Salzburg. Auch hier wurden Ausdrücke aus fremden Sprachen aufgegriffen. Der **Kick** oder das **Goal** ist aus dem Fußball nicht mehr wegzudenken. Manche Begriffe drohen allerdings in der Versenkung zu verschwinden. So wüssten Nachwuchsfans kaum mehr,

AUFBRUCHSSTIMMUNG

Burn ma! *Gehen wir!*
Buren ‚eilen' ist ein ostösterreichischer Regionalismus.

Fackelschein *Eine Idee haben*
Ich hab einen *Fackelschein!* Ich hab eine ‚Idee!'

Hajde *Komm, los geht's!*
Im Sinn von ‚Beeil dich', kam aus dem Kroatischen in die Jugendsprache.

(Eine) krochn *Raum betreten, feiern, es krachen lassen*
Kroch ma eini in di Hütt(e)n!
‚Stürmen wir das Lokal!'

Nasch ma! *Gehen wir!*
Aus dem Jenischen.

Vorglühen, vorheizen
Sich vor dem Ausgehen schon mit Alkohol in Stimmung bringen

Burn ma! Hajde!

WER HAT GELD DABEI?

Lobe, Lowe *Geld*
Entlehnung aus dem Jenischen.

Brownies, Kupferlinge *Eurocents*

Fuffie, Fugal *Fünfziger, 50-Euro-Note*

Zwani *Zwanziger, 20-Euro-Banknote*

FEEL IT! KROCHA, CHILL & SHAKE

Abhängen *Entspannen, Freizeit verbringen*
Auf cool machen.

Abshaken *Ekstatisch tanzen*
Eine Entlehnung von englisch *to shake* ‚zittern, schütteln'.

Abtanzen *Ausgelassen tanzen*
Ursprünglich: von der Bildfläche verschwinden, weggehen. Jugendsprachlich wurde daraus das ekstatische Tanzen bis zur Erschöpfung.

Fackelscheine für's Beachen, Chillen, Cruisen

Caching *Schatzjagd per GPS, auch: GeoCaching*
Verstecke *(Geocaches, Caches* ‚Schätze') werden mit ihren geographischen Koordinaten im Internet veröffentlicht und dann mittels GPS-Empfängers aufgespürt.

Chillen *Herumsitzen, ausruhen, relaxen*
Mit der Steigerungsform *abchillen* ‚herumhängen'. Entlehnt aus dem Englischen *to chill* ‚(ab)kühlen'. *Bleib down, hör Musik und chill ab!* ‚Bleib ruhig, hör Musik und entspann dich!' Wenn die Peer Group diese Aufforderung beherzigt, wird es *chillig.* – Richtig geraten! Es wird ‚gemütlich'.

Couchen, Couching, Extremcouching, *Faulenzen, auf dem Sofa abhängen*
Vergleiche dazu die *Couchpotato* ‚Couchkartoffel'.

Cruisen *Ziellos durch die Gegend kurven*
Von englisch *to cruise* ‚kreuzen'. Mit Rad, Roller oder Auto eine Gegend abfahren, meistens zusammen mit Freunden.

Gamblen
1. *Glücksspiele betreiben wie Pokern, Wetten, Zocken*
2. *Mit Freunden in der Freizeit herumhängen*
Von englisch *to gamble* ‚spielen, pokern, um Geld Karten spielen'.

Gammeln *Leben im Stand-by-Modus*
Hat mit leichtem Bedeutungswandel aus Hippiezeiten überlebt. Ähnlich wie *abhängen* ‚abschalten, nichts tun' und mit der Seele baumeln. Aber das ist Tourismusvokabular.

Kroch ma eini in di Hüttn!

Die Szenesprache der Fußballer

was einen **Ballesterer** (alter heimischer Begriff für einen guten Fußballspieler) vom **Zangler** (technisch versierter Spieler) unterscheidet. Auch das **Fetzenlaberl** hat in Zeiten der industriell gefertigten Fußbälle wohl so ziemlich ausgedient.

Lauf a maol! – Schneller!

Spü å!! – Aufforderung abzuspielen.

Du Hiniger, Schweinziger Schimpfwort bei schlechtem Pass, schlechter Situation, schlechtem Zuspiel.

Standard – Kommentiert lässig ein erfolgreiches Tor, zeugt von übergroßem Selbstvertrauen.

Junge Freizeit

Gefühlskitzler *Romantisches Genre aus Film, Musik oder Literatur*
Angeblich für den mädchenhaften Geschmack.

Housearrest *Freiwilliges Hören von House Musik*

Kråch(e)n *Einen lauten, lustigen Auftritt haben*
Ein Ausdruck mit Mehrfachfunktion: *Gemma kråch(e)n!* ‚Gehen wir tanzen!' Auch: ‚ein ausgelassenes Fest feiern'. In weiterer Verwendung *Kråch ma eini in de Pomfrithittn!* für: ‚Probieren wir doch dieses Lokal aus!' Gerüchteweise kann *Kråch(e)n* auch bedeuten oder andeuten, ‚Sex zu haben'.

Menschenkino *Passanten beobachten*
Das klassische Parkvergnügen, das auch Jugendliche mögen. Auf der Parkbank, im Café, vor dem Jugendzentrum sitzen und Leute schauen.

Mukke *Musik*

Mullan *Graffitis sprayen*

Ohrenbluter *Ohrwurm, schlechter Song*

Orgel *Boxen der Lautsprecher*

Schicht(e)ln *Eine Discothek aufsuchen*
Spielerische Anlehnung an die Salzburger Disco „Nachtschicht".

Sofa-Hopping *Preiswert reisen durch Sofa-Übernachtungen*
Beliebt bei Städtetrips. Übernachten bei Bekannten oder Bekannten von Bekannten auf dem Sofa. Auch: Couchsurfing.

UNTER SPORTSFREUNDEN, SPORTFANS

Bankaldruckn *Stemmen, Gewichte heben*
Vom standardsprachlichen Bank - drücken, einer Kraftsportart, in Verkleinerungsform. Nicht der Jugend(sprache) vorbehalten.

Die Szenesprache der Fußballer

Schiri – Schiedsrichter.

Böcke – Fußballschuhe.

Våin – Fallen, zurückfallen lassen auf die Kette (Abwehrreihe).

Raus – Kommando zum Rausrücken, vor allem nach einem Eckball.

Höschi – Ein Kreisspiel zur Erwärmung, bei dem einer in der Mitte steht.

Klapperl, Gurkerl – Zwischen den Beinen durchgeschobener Ball.

Kugl, Haut – Ball.

Heast oida, hau net so eini! Spiel nicht so hart, mach auf Fairplay!

Ohrenblutermukke in der Eisenhölle

Beachen *Relaxen und leichten Sport betreiben am Badesee oder im Schwimmbad*
Verbunden mit Schwimmen, Beach-Volleyball, Fußball.

Eisenhölle
Fitnesscenter für Bodybuilder
Mit dem Schwerpunkt auf Muskelaufbau mit Hanteln und Gewichten.

Horsties *Pferde, Reitpferde*

Kick off geh(n) *(Gemeinsam) zum Fußballplatz gehen*

(Le) Parcour *Neu erfundene Sportart des Hindernislaufens*
Ein *Traceur* ‚Spurenleger, Wegebahner' legt eine hindernisreiche Bahn von einem selbstgewählten Punkt A nach B fest. Danach beschreitet er diesen unter kunstvoller Überwindung aller Hindernisse über Hausmauern, Vordächer, Zäune. Extrem anspruchsvoll, aber bei Jugendlichen auch extrem beliebt.

Slacklining *Trendsportart Balancieren auf dem Seil*
Ähnlich dem Seiltanzen. Aber das Seil ist weniger straff gespannt. In Parks sind immer öfter Vorrichtungen zu finden, wo junge Menschen ihre *Slacklines* aufhängen können.

Eine Unterform ist das *Flashslacking,* bei dem spontan in der Öffentlichkeit balanciert wird.

Soli geh(n) *Das Solarium besuchen*
Solariumbräune ist allerdings auch ein Stilmerkmal der Krocha-Szene.

SZENE-IDENTITÄTEN

Bombä *Junge Frau mit Sex-Appeal*
Vergleiche *bombä* ‚fesch, cool, genial'. Sie schaut *Ur Bombä* aus! ‚Sie wirkt umwerfend!'

Bongolippe *Angeber*

Bunny *Attraktive junge Frau*
Vom englischen ‚Haserl'.

Die Szenesprache der Fußballer

Handschuach, Schnitzer
Torwart.

Hait fress´mas – Schlachtruf vor dem Spiel im Team.

Wås is mit dia?!!! – Anmache des gegnerischen Spielers.

Stanglpass – Querpass zum Tor.

Wöldpatie, Wöltklasse – Wenn jem. richtig gut war.

Ferschler – Pass oder Schuss mit der Ferse.

Gaberln – Den Ball möglichst lange in der Luft halten.

Scheiberlspiel – Kurzpass - spiel auf engem Raum.

Schupferl – Mit dem Rist den Ball anheben, sodass er zum Beispiel über den Tormann ins Tor fliegt.

Steirergoal – Tor, das vom Goalie leicht zu verhindern gewesen wäre.

Junge Freizeit

Styles

Emo:
Schwarz, pink, rot, gestylte Haare, ritzt sich.

Streber:
Immer brav angezogen.

Skater:
Bunte Sachen, Skateboard, kaputte Schuhe.

Gangster:
Lange Hose, Kapuzenjacke.

It-Girl, Glamour-Girl:
Tussi, Glitzer, Stöckelschuhe, Handtasche, blonde Haare.

Gothic:
Haare mit Gel aufgestellt, lange Mäntel.

Wirtschaftskundliches Realgymnasium, 4 D Klasse von Elisabeth Kranzinger

Checka *Der coolste Typ, der echte King*
Von englisch *to check* ‚prüfen, durchschauen'.

Checkabraut *Frau mit Durchblick*

Chicka *Sehr hübsches Mädchen*

Chiller, Chillus *Entspannte, lockere, angenehme Person*

Emo *Hardcore-Punk*
Ableitung von *emotional Hardcore*. Sprachkürzel sind in der Jugendkultur schichtenübergreifend. Da reichen sich Prof(essor), Assi(stent) und der Emo(tional Hardcore) die Hand.

Depfinator *Frauenheld*

Faker *Pseudo-Szenefigur*
Entlehnt von englisch *to fake* ‚täuschen, nachmachen'. Für Pseudo-Modebewusste, die gefälschte, nachgemachte Markenkleidung tragen.

Hardcore-Hasi *Freund der Metalszene*
Anhänger der Metal Musik.

Gangsta *Vom Rap beeinflusster Modestil*
Zutreffend für extreme (extrem zur Schau gestellte) Coolness.

HLSM *Handy-Lipgloss-shopping-mäßig*
Kürzel für mädchenhaftes Verhalten.

Hoppa *Hiphop-Fan, der auch die Schlabbermode der Szene trägt.*

Imbolord *Übermensch, Held, Stilikone*
Dazu das Adjektiv *imba* ‚außergewöhnlich'. Du bist einfach *imba!*

Krocha *Stilikone oder Vertreter der Krocha-Jugendszene*
Entstanden ist diese Bewegung, die auch Mode wurde, in den Randbezirken Wiens. *Krocha* hören Techno, tragen Turnpatschen, Sonnenbrillen und Palästinensertücher und gehen ins Solarium.

Styler und Toupier-Tussi

Plastikgangster *Hiphop-Fan, der sich urcool gebärdet*

Styler, Upstyler *Cooler Typ*
Jemand der sich mit den richtigen Attributen schmückt. Die Negativversion ist der *Bauernstyler*, auch einfach *der Bauer*, der ahnungslos und einfach ‚voll daneben ist'.

Toupier-Tussi *Punkmädchen im Emo-Style*

GRENZGÄNGE UND FASZINATION DROGEN

Bresl *Haschisch, Marihuana*
Bedeutungsübertragung von ‚Brösel, Brosame', das zu mittelhochdeutsch *brosem(e)* ‚Krume, Brosame' zu stellen ist.

Enthirnungsphase *Zeitraum des sich (gemeinsamen) Betrinkens*

Flatrate-Party *„Frei saufen" bis ins Koma*
Der feste Eintrittstarif berechtigt zum „Trinken, soviel du willst". Flatrate kommt eigentlich aus dem Telefonie- und Internetbereich. Für einen Festpreis kann man unbegrenzt surfen/telefonieren.

Gemma vanichtn *Gehen wir (einen) trinken*

Ha(r)zen *Rauchen*
Gemma ha(r)zen! ‚Gehen wir auf eine Zigarette!'

Mullu *Betrunken sein*

Ofen *Joint*

Schwech(e)n, schwass(e)n *Exzessives Alkohol trinken*

Waach *Berauscht von Alkohol oder anderen Drogen*
Wörtlich ‚weich'. *Bist waach?* ‚Bist du voll/zu?'

Zua, bum zua *Betrunken*
Zua wia da Spar am Sonntåg.

Alk

haint orwötta
wiedaamoi nix

schteaiht ada
Kuchö uma-
dum

in oana Hond a
Zigrett
i da oan dö
Biaflosch.

boida seinö
Biaflaschl
ausglugglt
haot

loßtas
schtöh

und i
maog eahms
weaicktraogn.

da Maogn tuat
ma weaih va
lauta Zoun.

Theresia Oblasser,
Altbäuerin in Taxenbach

Portrait

Cornell

14 Jahre, Schüler

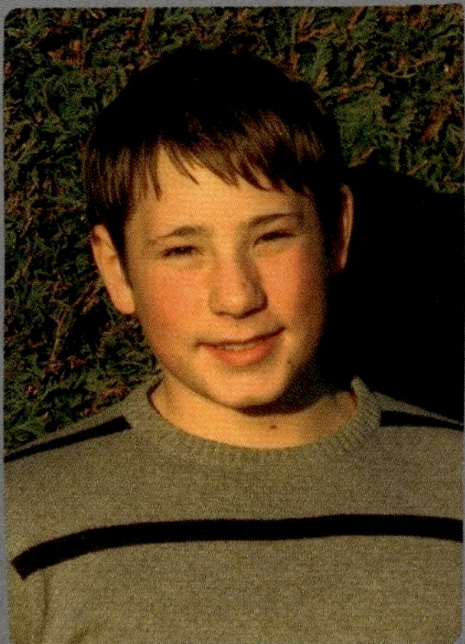

Ich steh um sechs Uhr auf. Dann mach ich mich fertig und gehe zum Bus. Ob die Schule anstrengend ist oder nicht, hängt vom jeweiligen Tag ab. Aber es geht. Mein Lieblingsfach ist Zeichnen.

Meistens haben wir zweimal in der Woche nachmittags Schule, sonst haben wir zu Mittag aus. Dann fahre ich nach Hause und esse.

Was machst du nach der Schule?
Meistens gehe ich kurz an den Computer oder ein bisschen hinaus. Am Abend habe ich manchmal Fußballtraining bei Wals-Grünau. Bevor ich ins Bett gehe, schaue ich noch mal in den Computer.

Was möchtest du gern Verrücktes tun?
Irgendwann möchte ich einen Rückwärtssalto vom Zehnmeterbrett machen, ich hab mich aber noch nicht getraut.

Welche Bedeutung hat Sprache für dich?
Sprache im Alltag ist für mich Kommunikation. Es ist auch wichtig, verschiedene Sprachen zu sprechen und sie mit Gesten zu unterstützen, die sind ja zumindest in Europa ähnlich.

Gibt es Unterschiede, wenn Jugendliche miteinander reden?
Wenn Jugendliche miteinander reden, kommt es immer auf die Gruppe an. Zum Beispiel Streber drücken sich netter aus, Gangsta werden aggressiver sein, glaube ich, weil sie einfach schon diesen Lebensstil haben. Sonst sind sie in ihrer Gesellschaft nicht anerkannt.

Hast du Lieblingswörter?
Mein Lieblingswort ist „aha“, vor allem, wenn jemand lange braucht oder alle durcheinander reden. Dann sage ich zu allen „aha“. Auch „bläd“ (für blöd) und „du“ sage ich immer. Und „Nüsse“, das heißt: „nix, null“.

Welche Wörter magst du nicht?
Wenn man Abkürzungen, die man schreibt, beim Reden verwendet. Zum Beispiel LOL*. LOL ist uncool! HDL* ist auch uncool, wenn man es sagt, genauso WABF* *(* siehe LOL S. 78; Abkürzungen S. 64–66).*

Welche Wörter sind in deiner Familie verboten?
Verschiedene Ausdrücke für Geschlechtsverkehr, also zum Beispiel „ficken“.

Was sollten ältere Menschen über dich wissen?
... dass ich lustig bin. Ja, ich mach gern Witze.

Müllnerschanze
Klettern für Jung und Alt

Wildromantisch nahe der Müllner Kirche: Der neue Kletterparcours „Müllner Schanze" als Dorado für alle Kletter-Fans. Körperbeherrschung trifft Balance, Kraft und Gleichgewicht – rein in die Wand und einfach mal wild drauflos probiert!

Baron-Schwarz-Park
Manche mögen's schmutzig!

„Dirt-Jump" wird das Outdoor-Sport-Areal mitten im Baron-Schwarz-Park in Schallmoos nicht umsonst genannt! Auf 2.000 Quadratmetern warten drei Lines (Strecken) mit unterschiedlichen Schwierigkeitsgraden auf Adrenalin-Junkies.

AnfängerInnen tasten sich auf der blauen Stecke vor, Mittelprächtige versuchen sich auf der roten Strecke und die Unerschütterlichen geben sich die Strecke in der Farbe Schwarz!

BEGEGNUNGEN

The Cage – Skaterpark
Keep Skate

800 m² gespickt mit halsbrecherischen Stairs (Stufen), **coolen Banks** (Schrägen) **& anspruchsvollen Curbs** (Blöcken bzw. Kanten) lassen das Herz der Skater-Familie höher schlagen!

Der Salzburger Skaterpark unter der Hellbrunner Brücke ist zum Geheimtipp für lokale Brettl-ArtistInnen geworden.

Portrait

Granit

16 Jahre, Schüler

Ich komme aus dem Kosovo. Ich bin mit meiner Familie geflüchtet. Woran ich mich noch genau erinnere: Während dieser Fluchtzeit hatte ich oft Hunger. Es gab zu wenig zu essen.

Den Tag verbringe ich hauptsächlich mit der Schule und Schulaufgaben. Manchmal verabrede ich mich mit Freunden oder gehe ins JUZ Lehen.

Reden ältere Menschen anders als du?
Sie reden ruhiger und verwenden kompliziertere Wörter. Sie sind höflicher. Bei Jugendlichen hört sich manches aggressiver an, obwohl sie es gar nicht so meinen.

Hast du einen Wunsch für die Zukunft?
Ich möchte die höhere Schule unbedingt abschließen, weil ich einmal was richtig Gutes werden will.

Verrätst du uns Wörter oder Sager, die du im Alltag häufig verwendest?
„Mann, wie geht's?", „Alles klar?", „Was machst du so?", „Halts Maul!", „Scheiße", „Verpiss dich", „Hau ab jetzt!", „Du Spast*, Penner", „Gute Nacht, tschau".

Welches Wort magst du gar nicht?
Bam oida.

Gibt es Wörter, die du zu Hause nicht benutzen darfst?
Ich darf zu Hause nicht schimpfen. Und nicht übertreiben.

Was sollten ältere Menschen über dich wissen?
Ich bin eher zivilisiert, nicht aggressiv. Ich bin ein ruhiger Typ und gebildet. Ich kann mich mit älteren Menschen gut verstehen.

*** Spast: kurz für ‚Spastiker' (Beleidigung)**

Hochseilakt – Keine Höhenangst erlaubt!

Im neuen Hochseilpark warten Herausforderungen an Mut und Geschicklichkeit, lustige Aufgaben, ungewöhnliche Ausblicke und vor allem viel Spaß!

Dort kannst du dich – unter der fachkundigen Anleitung von Profis – mutig deinen Ängsten stellen.

Movida das junge Festival

Rund 10.000 junge Menschen zieht das „Movida"-Festival jährlich in den Volksgarten – eine Veranstaltung voller Workshops, Lectures & Freiluftkino, Performances und Live Acts, mit Tanz und Konzerten von Kultbands.

BEGEGNUNGEN

„Zwischen Baum und Biene" hieß diese Veranstaltung im Zeichen der DJ-Culture. Renommierte Plattenverleger wie Uwe Walkner und der Berliner Szene-Star Sasha Funke sorgten im Kurgarten für entspannte Lounge-Atmosphäre mitten in der Stadt. Rund 2.000 junge und junggebliebene Gäste genossen die kostenlose Freiluftparty mit Wohnzimmer Atmosphäre.

Im Garten

Portrait
Hermine
Amanshauser
86 Jahre

Sekretärin
Mutter von 5 Kindern
16 Enkeln
13 Urenkeln

Humor verbindet

Wie ist Ihr Lebensweg verlaufen?
Ich bin 1923 in Oberösterreich geboren. Ein blöder Jahrgang. Da war der Krieg und man war so dazwischen. Am liebsten wäre ich Lehrerin geworden, aber es gab keinen Bedarf. Also hab ich eine Ausbildung zur Sekretärin gemacht und auf dem Sozialamt gearbeitet. Das hat mich für mein weiteres Leben sehr geprägt. 1947 hab ich meinen (zwanzig Jahre älteren) Mann kennen gelernt. Ich heiratete ihn 1948, ihn und seine vier Kinder. Gemeinsam bekamen wir noch eine Tochter. Das Leben mit einer Großfamilie hab ich mir manchmal einfacher vorgestellt. Als Stiefmutter versucht man immer, einen Tick besser zu sein. Ich wollte, dass es ihnen gut geht und sich alle Kinder aufgehoben fühlen. Ich hab Tag und Nacht für die Familie gearbeitet. Am Abend hab ich die Wäsche aller Kinder eingesammelt und nachts hab ich sie dann gewaschen. Und schon damals war einer meiner Söhne Dichter. Also schrieb ich ihm: „Vergiss bei all der Lyrik nicht, dass morgen, wenn der Tag anbricht, ich in die Waschküch' schleiche und Hemd und Hosen weiche." Am nächsten Morgen fand ich den folgenden Zettel: „Am jüngsten Tag frägt einst der Richter, wer wusch die Unterwäsch' der Dichter?"

Was ist Ihr Lieblingswort?
Güte, Familie

Was sollen jüngere Menschen über Sie als Seniorin wissen?
Ich bin eine heitere Frohnatur, weil ich noch „die Kraft" habe. Ich brauche nicht viel. Nur Wärme und Geborgenheit. Und: Man muss mit der Jugend im Gespräch bleiben, um von ihnen zu lernen. Meine Enkelkinder sind heute meine größten Lehrmeister!

Was würden Sie Jugendlichen von heute gern sagen?
Habt Freude an der Arbeit! Seid neugierig. Und denkt immer daran: Humor ist, wenn wer trotzdem lacht. Ich wünsche euch das Beste! Macht was aus euren Fähigkeiten. Und denkt auch an die anderen. Und noch etwas: Achtet darauf, dass ihr nicht nur Freunde in eurem Alter habt, sonst seid ihr irgendwann einmal sehr allein. Sucht euch auch jüngere und ältere.

Kinderstadt Mini-Salzburg

Ich mache mir die Welt, wie sie mir gefällt!

Mini-Salzburg findet man auf keiner Landkarte und diese Stadt existiert nur im Sommer.

BEGEGNUNGEN

Mini-Salzburg hat alles, was eine Stadt braucht – mit einem großen Unterschied: **Hier haben Erwachsene (fast) nichts zu sagen.**

Mini-Salzburg ist eine Spielstadt für alle zwischen 7 und 14 Jahren, wo Kinder arbeiten, mitbestimmen, studieren, Theater spielen, heiraten, Radio machen, Sachen erfinden, Firmen gründen, Filme drehen, sich die Haare stylen lassen und jede Menge Spaß haben.

Die Welt der Erwachsenen mit Regierung und Bürgermeister/in, Ämtern, Führerscheinprüfung, Arbeit und Jobsuche, Geldmangel, essen gehen und Zeitung lesen – **aber eben doch ein bisschen anders.**

Meine Lieblingsorte

Gemma, gemma

Arschlings, årschlings *Im Rückwärtsgang*
Ableitung zum Grundwort *Arsch.*

Derlången, derg(e)lången *Erlangen*
Sein Ziel gerade noch erreichen.

Drent, drent(e)n, ent, ent(e)n *Drüben, jenseits*
Vergleiche *herent* ‚herüben'. *Entan Bach* ‚jenseits, auf der anderen Seite des Baches'.

Hatsch(e)n *Schlecht gehen*
Infolge einer Verletzung oder altersbedingt. Laut Grimms Wörterbuch lautmalerisch vom schleifenden, schleppenden Gang. Der *L'Amourhatscher* ist ein ‚enger, langsamer Paartanz zu sentimentaler Musik'.

Husig *Schnell, flott, flink*
Aus dem mittelhochdeutschen *hiuze* ‚munter, frisch'.

Kraxln *Klettern*
Hergeleitet von *krag(e)ln* mit einer s-Erweiterung zu *kragseln.* Vgl. *kragen, kragend* ‚steil überhängend'. Auch: *Aus dem Bett kraxln.* Oder *aufkraxln* für ‚aufstehen'.

Marschier(e)n *Mit flottem Tempo zu Fuß gehen*
Aus dem Soldatenalltag, jedoch nicht ‚in Reih und Glied gehen', sondern mit sportlichem Tempo und Ausdauer.

Pressieren *Eilig sein, es eilig haben*
Aus dem französischen *presser* ‚pressen, drücken'. *Es pressiert mir.* ‚Ich habe es eilig.'

Schleichen, sich schleichen *Lautlos gehen, unbemerkt verschwinden*
Auch als Aufforderung, sich zu entfernen: *Schleich di! Putz di!*

Trottoir *Gehsteig, Bürgersteig*
Aus dem französischen *trotter* ‚im Trab gehen', zu *Trottoir.*

Zockel(n) *(Halb-)Schuhe, Hausschuhe*
Aus dem italienischen *Zoccolo* ‚Halbschuh'. Auch als Verb *zockeln, dahin zockeln* ‚langsam, schlurfend gehen'.

Junge Orte

EP *Abkürzung für Europark*
Salzburgspezifisches Beispiel für jugendsprachliche Kurzwörter.

Mxg *Maxglan*

Rupert *Rupertpark in Schallmoos*

Shally *Schallmoos*

Spieli *Spielplatz*
Wortkürzung mit verniedlichender Endung auf i.

Texas, Txm *Taxham*

Tunnel *Tunnelspielplatz*
Über dem Gabi-Burgstaller-Tunnel in Liefering liegt ein beliebter Spielplatz.

Fuaßmaschin *Zu Fuß gehen*
Meistens mit einem Hauch Ironie: *Nimmst a s Radl oda de Fuaßmaschin?*

Zweitwohnung *Handtasche*
Zeitkritik mit Witz

Grabn

Zwischn
mia und dia
a Grabn.
Du bist ent
und i herent.
Offn lassn?
Du lebst ent
und i herent.
Zuaschüttn?
Da müassat ma
a Schaufe nehma
und schöpfn,
schöpfn,
schöpfn.

Max Faistauer

Tom Rollbrett

SHORTSTORY

DER ANFANG

Es begann Ende der 50er Jahre in Kalifornien: An selbstgebauten kleinen Brettern wurden Rollen und Rollschuhachsen befestigt, um eine Alternative zum Surfen zu haben. Mitte der 60er Jahre entwickelten sich dann diverse Disziplinen, angefangen von Slalom, Freestyle, Downhill, Hoch- und Weitsprung bis hin zum Pool- und Street-Skaten.

Anfang der 70er Jahre kam das Skateboardfieber auch nach Europa, es wurden erste Contests in Deutschland organisiert, doch wurde Skaten immer noch als Modeerscheinung belächelt. Erst Ende der 70er/Anfang der 80er Jahre wurde das Skateboard ein „must have", egal ob als Sportgerät oder als Fortbewegungsmittel genutzt, und war in keiner Altersgruppe mehr wegzudenken.

Auch in der Salzburger Szene hat das Skateboard seinen festen Platz gefunden und stolz können wir behaupten, dass einige der ersten Jungs immer noch auf dem Brett stehen!

DIE KULTUR

Skaten ist keine Verbands- oder Vereinssportart, jeder Rollbrettfahrer entwickelt seinen eigenen persönlichen Style, wie er sich kleidet oder sich auf dem Brett bewegt. Skaten wird vielmehr als ein individualisierter Lebensausdruck verstanden, stellt vor allem eine Form der Kunst dar, die in starker Verbindung zu Mode, Graffitikunst, Grafikdesign, Fotografie und Musik steht. Skateboarden war lange Zeit eine Männerdomäne, aber die Zahl der SkaterInnen (Pro Girls) ist im Steigen.

In Salzburg gibt es derzeit ca. 200 aktive SkateboarderInnen, die sich auch über die Grenzen Salzburgs hinaus einen Namen erarbeitet haben (bei Wettkämpfen und in namhaften Magazinen). Die österreichische Szene steckt noch immer in den Kinderschuhen und ist oft mit Vorurteilen und Intoleranz konfrontiert. Dies könnte sich ändern, sobald Skateboardfahren Olympische Disziplin wird.

Skateboard fahren

Das Brett

Das Skateboard ist ein meist aus sieben Schichten bestehendes Holzbrett (Kanadischer Bergahorn), an dessen Unterseite die Achsen mit acht Schrauben (*Shorties*) befestigt sind. An die Achsen werden noch vier Rollen geschraubt und dann kann es schon fast losgehen.

Nur noch Kugellager in die Rollen und Griptape auf die Oberseite und dein Skateboard ist startklar.

Deck = Skateboard
Griptape = Selbstklebender rutschfester Belag (ähnlich wie Schleif - papier)
Shorties/Bolts = 8 kleine Schrauben, um die Achsen auf das Brett zu schrauben
Trucks = Achsen, bestehend aus einem Hänger, einer Baseplatte, Lenkgummis und jede Menge Schrauben
Wheels = Rollen aus Urethan in unterschiedlichsten Härten/Größen
Bearings = Kugellager

Die Sprache

Zu 89% kommt sie aus dem Englischen und hat die Szene geprägt:

grind = Rutschen mit den Achsen an der Ecke einer Mauer oder einem Handlauf
ollie = Körper und Brett verlassen den Boden nur mit den Beinen
bail = ein Sturz
grab = wenn man mit den Händen bei einem Trick das Brett berührt
sick = wenn man einen Trick richtig gut gemacht hat
flip = wenn sich das Brett bei einem Trick um die eigene Achse dreht
goofy = rechter Fuß in die Fahrtrichtung vorne
regular = linker Fuß in die Fahrtrichtung vorne
shovit = wenn sich das Brett bei einem Trick in der Längsrichtung dreht
manual/wheelie = auf einer Achse fahren, sprich: auf zwei Rollen

Skaten gibt ein Gefühl der Freiheit. Probier es einfach selbst!

Skaten in Salzburg

Ein großer Skate Platz (Salzburg Süd)
Ein Bowl (Pool im Baron-Schwarz-Park)
Diverse kleine Plätze in umliegenden Gemeinden (Elixhausen, Hallwang, ...)
Eine große, zusammenhaltende Szene
Talentierter Nachwuchs
Eigene Sprache (z.B. grind, bail, grap, flip) und Styles

HipHop

Daniel Käfer

Graffiti

zwischen Kunst und Schmiererei

Graffiti ist bis heute als jugendkulturelle Ausdrucksform umstritten, immer im Spagat zwischen Kunst und Schmiererei.

Dosen „fladan“ und irgendeine Hauswand versauen, geht ziemlich schnell, mit der eigentlichen künstlerischen Philosophie hat es aber nichts zu tun.

Wo liegt nun die Erkenntnis, dass etwas versaut wurde? – Im Auge des Betrachters.

Natürlich gibt es auch in Salzburg viele Jugend-Cliquen verschiedensten Alters, die viel Zeit irgendwo draußen in ihrer oder einer benachbarten Gegend verbringen, um sich entfernt vom Elternhaus zu treffen & abzuhängen. Diese Cliquen ziehen fast immer eine eher ungewollt große Aufmerksamkeit auf sich, weil Außenstehende ihr Chillen als Faulheit, ihr jubelndes Geschrei als Pöbelei und Moped-Cliquen gleich als Gangs empfinden. Negative Medienberichte über Jugendliche verstärken diesen Eindruck.

Aber: HipHop ist nicht abhängen, Drogen konsumieren, pöbeln, prügeln und Sachen kaputtschlagen, sondern eine moderne, nach Erneuerung drängende Ausdrucksform der Jugend in mehreren Facetten.

Entstanden ist HipHop in den 70er Jahren im Großraum New York, als die anspruchsvolle Soul- und Funkmusic mehr und mehr zu RnB wurde und somit immer weniger die Umstände des afroamerikanischen Lebensstils wiedergab.

Durch die Entwicklung des DJings (z.B. von Kool DJ Herc, der den Beat eines Funk-, Soul- oder Discotunes wiederholt, anstatt das ganze Stück zu spielen und zwei verschiedene Beats montiert - Beatjuggling) und die Entschlossenheit, selbst etwas in die Hand zu nehmen, um sich musikalisch auszuleben, wurden „Blockpartys“ organisiert, wo alle zum ausgelassenen Feiern zusammentrafen. Sie fanden meist unter freiem Himmel zwischen den riesigen Siedlungsanlagen der (damaligen) Ghettos (Schwarzenviertel) statt. „Clubs“ oder „Discos“ waren zum größten Teil für die weiße Bevölkerung gedacht ... dementsprechend war auch die Musikwiedergabe.

Auf Blockpartys begleitete den DJ immer ein „MC“ (Master of Ceremony), der sich und den DJ vorstellte, Anlässe ankündigte, das Publikum zwischen den Stücken oder in den Übergängen zum Tanzen aufforderte, Witze machte, Besucher grüßte und so quasi die Menge zum Feiern animierte.

Hip means to know – It's a form of intelligence
Hop is a form of movement – You can't just observe a hop

Das Vorbild dafür waren die DJs der jamaikanischen Soundsystems. Bei Kool DJ Hercs Blockpartys tauchten auch die ersten Breakdance-Crews auf, um ihre neuesten Tanzstücke zu zeigen, alles lief in eine Richtung, ... denn fast zeitgleich brach bei vielen Menschen der künstlerische Drang nach visueller „Eintragung" ins öffentliche, eintönige, meist graue Stadtbild aus und Graffiti war geboren.

Die 4 Elemente des HipHop

DJing, MCing (Rap), Breakdance und Graffiti - alle vier können nur durch künstlerisches Streben - den individuellen Style - entstehen, verlangen nach Respekt, positiver Energie und gerechtem Freiraum – egal ob groß, klein, dick, dünn, jung, alt, schwarz, weiß, Moslem, Jude, Christ, Buddhist, Hinduist oder Anhänger der Voodoo-Kulte usw. – Was man drauf hat, das zählt! Dafür bekommt man Ansehen, dafür wird geübt.

Durch die enorme Power, die diese Elemente ausstrahlen, werden viele Kids wie von einem Magneten angezogen und wollen alles selbst ausprobieren. Identitätsprobleme sind für viele junge Menschen auch heute Alltag, z. B. weil sie aus anderen Ländern nach Österreich kamen. Da es beim HipHop ursprünglich um ähnliche Schwierigkeiten rund um Rassismus, Unterdrückung, Ausgrenzung, religiöse Streitigkeiten etc. ging, fällt es jungen Menschen (egal welcher Schicht, vorwiegend aber den sozial Schwächeren) nicht schwer, sich mit dieser Kunstform anzufreunden. Doch es stimmt, dass der aktuelle, populäre, deutsche Rap eine eher harte Wortwahl hat und negative Ausdrücke verwendet.

„Rap ist eine Form, um sich verbal in Reimen auszudrücken, um Menschen zum Lachen oder zum Weinen zu bringen, um sie zu ärgern oder zu bewundern und um über diejenigen, die über uns richten, zu schimpfen!" ...
Wenn man also sagen würde, dieser ganze Text wäre da, um jemanden zu beschimpfen, sind dann alle Wörter in diesem Text gleich Schimpfwörter?

"He oida,

des Wort OIDA is scho oid, oida!"

In Salzburg bietet sich für junge Musik- oder Spray-begeisterte wenig Angebot und falls doch, dann fehlen Raum und Zeit, um wirklich große Sprünge zu machen und eine Entwicklung zu sichern.

Alles, was man irgendwo aufschnappt und ausprobieren will, probiert man meistens auch früher oder später. Das ist bei Musik wie z.B. Rap ja nichts Schlimmes, aber bei Graffiti wird's zum massiven Problem, wenn es keine (legalen) Möglichkeiten dazu gibt.

CD-Track 28

Spontane Sager

Das wünschen sich SeniorInnen von Jugendlichen

Sie sollten verstehen, ...

...dass ich alt bin und es mir teilweise sehr schlecht geht. (m., 81)

... dass ich nicht mehr so gut höre und in vielen Dingen langsam bin. (w., 85)

... dass ich gerne zuhören würde, wenn es zu einem Gespräch käme. (w., 74)

... dass ich positiv und ohne Vorurteile gegenüber der Jugend eingestellt bin. (w., 66)

Schimpfwörter ...

WENIG CHARMANT UND GAR NICHT NETT ...

Bådwaschl *Wörtlich: Badeschwamm; Bader, Bademeister*
Waschl bezeichnet wörtlich einen ‚Badeschwamm' oder einen ‚Lappen, ein großes Tuch oder einen (nassen) Fetzen' zum Zweck des Waschens/Badens.

Im übertragenen Sinn steht das Wort für einen übermäßig groß gewachsenen ‚groben, vierschrötigen Mann'. Auf einen, wie es die mittelalterlichen Bader sein mussten: Athletisch gebaut und kräftig.

Noch in der Nachkriegszeit hat dieser Berufsstand Leuten, die daheim keine ausreichende eigene Waschgelegenheit hatten, in der öffentlichen Badeanstalt geholfen, den Buck(e)l, also den Rücken zu waschen. Eine der letzten Einrichtungen dieser Art war das Salzburger Andräbad in der Andräschule, auch Tröpferlbad geheißen. Ein Schimpfwort von ganz anderer Bedeutung ist der *Wåschlåppen,* auch wenn er – wie der Bådwaschl – zu den Hygieneartikeln gehört.

Bamschabl *Derber, ungehobelter Bursche*
Im primären Wortsinn ein Werkzeug zum Entrinden von Bäumen.

Betschwester *Fromme Kirchgängerin*

Damischer Hansl, damische Dudl, damische Gretl *Mensch ohne Verstand, Narr, Närrin*
Von *täumisch* bzw. *tamisch;* Herkunft wahrscheinlich von mittelhochdeutsch *toum* ‚Dunst, Qualm'. Also wörtlich: ‚von Dämpfen betäubt', ‚benommen, schwindlig' bzw. ‚durch getrübtes Bewusstsein abnormal handelnd' (halsstarrig, jähzornig etc.).

Drahdiwaberl *Kreisel*
Ostösterreichisch; insbesondere im Wiener Raum gebräuchlich. Übertragung für ‚wendehalsiger, sich

... und Kraftausdrücke

nach dem Wind drehender, opportunistischer Gesinnungsgenosse'.

Håsenfuaß *Feigling*
Da der Hase schnell laufen kann, wird er seit dem Mittelalter zur Bezeichnung von Feiglingen verwendet.

Hainbuch(e)ner, Hoabuachna
Einfältiger Mensch
Wörtlich: ‚aus dem Holz der Hainbuche'. Für ein urwüchsiges, simples ländliches Gemüt.

Kramadanza *Jemand, der beim Spielen etwas falsch macht*

Laaschatza: *Schwätzer*
Wörtlich: ‚Leerredner'. Ein Innergebirg gebräuchlicher Ausdruck.

Lug(e)nschippi, Lugenschübbel *Lügner*
Von mittelhochdeutsch *louge* ‚Lüge' und *schubel, schübel* ‚große Menge', also wörtlich ein ‚Lügenhaufen'.

Neidhammel *Neidischer, oder auch: geiziger Mensch*
Das Grundwort *Hammel* ‚verschnittener Schafbock' ist ein häufig gebrauchtes Schimpfwort für Männer. Rekordhalter: *Gscherter Hammel* und *Blöder Hammel!*

Stubenhocker
Kramadanza
Håsenfuaß und
Laaschatza

Stadschauer *Still Schauender*
Langsame Person, die schwer von Begriff ist. Das Bestimmungswort (Erstglied) *stad* ist die in Österreich geläufige Bezeichnung für ‚ruhig, still'. Gehört zu mittelhochdeutsch *staete* für ‚fest, beständig'. Weitere Wortschöpfungen aus dieser Reihe sind *hackenstad* ‚arbeitslos', *schmähstad* ‚sprachlos'; *die stade Zeit* ‚Advent'.

Stubenhocker *Person, die die eigenen vier Wände ungern verlässt*
Nach aktuellem Verständnis eine Couchpotato.

Spontane Sager

Das denken SeniorInnen über Jugendliche

Junge Leute sind ...

... super, wenn man sich mit ihnen unterhält! Wer fragt, der lernt, wer lernt, hat Fragen. (w., 69)

... freundlich, wenn man selber freundlich zu ihnen ist und schwarze Schafe gibt es in jedem Alter. (w., 75)

... besser als ihr Ruf. (w., 66)

... spontan, übermütig, sie haben wenig Lebenserfahrung und die Zeit tut ihr Übriges dazu. (w., 74)

... eben jung, sie dürfen ihren Weg erst finden. (w., 76)

... erfrischend! (w., 83)

CD-Track 4

Das Schlitzohr

„Pass auf, das ist ein ganz gerissenes Schlitzohr!“

Diese Warnung sagt uns gleich: Vorsicht, dem kann man nicht trauen! Das Wort „Schlitzohr“ kommt aus der Zeit, als die Zimmerleute noch auf Wanderschaft – die so genannte Walz – gingen. Wenn einer etwas anstellte oder etwas „ausgefressen“ hat, – vor Hunger meistens – wurde ihm, um die nächsten Meister oder Arbeitgeber zu warnen, kurzerhand der Ohrring aus dem Ohrläppchen gerissen. Eine schmerzhafte Prozedur, durch die so ein „Schlitz - ohr“ für immer gezeichnet und jeder gewarnt war. Das Attribut „gerissen“ geht darauf zurück.

Schimpfwörter

UNFREUNDLICH BIS BELEIDIGEND …

Bazi *(Jugendlicher) Schlingel*
Aber auch: ‚gerissener Bursche, Gauner, Lump‘. Verniedlichend und scherzhaft verwendet; aber auch als Schimpfwort. Auf dem Land war früher öfter vom *Weana Bazi* ‚Wiener Schlingel‘ die Rede.

Beißzång *Xanthippe, wörtlich: Kneifzange*
Zänkisches, bösartiges Frauenzimmer

Blader, Blade *Dickwanst, beleibter Mensch*
In ganz Österreich, vor allem im Osten und auch in Bayern üblich. Wörtlich ‚gebläht‘; hergeleitet vom Dialektwort *blan* für ‚blähen‘.

Dåmpfplauderer *Schwadronierer*
Jemand, der Unwichtiges und Unwahres ‚heiße Luft‘ erzählt.

Grantler, -in *Missmutige, mieselsüchtige Person*
Steigerung zum *Grantlhuaba, Grantnigel* oder *Grantscherm,* wörtlich: ‚Missmutstopf‘. *Scherm* ‚Gefäß, Scherbe, Nachttopf‘. Dass nicht nur Österreicher mieselsüchtig sein können, beweist der bundesdeutsche *Miesepeter.*

Hoa(n)zlkopf *Einfältiger Mensch, Holzkopf*
Hergeleitet vom Diminutiv für ‚Heinz‘. Hat mit Holz und wohl auch mit der *Hoazlbank* für ‚bäuerliches Werkzeug zum Hobeln, Schnitzen‘ nichts zu tun, wenngleich man die Bedeutung mit ‚einfältiger Mensch, Holzkopf‘ festhalten könnte.

Klach(e)l *Ungehobelter, ungebildeter Kerl*
Für einen ‚Glockenschwengel‘ oder ‚Klöppel‘.

Für Beißzangen und Grantscherm

Du Luder, hast mi wieder drankriegt!

Kloifi, Klaffe *Ungehobeltes Mannsbild, jemand ohne Manieren*
Besonders Innergebirg verbreitet.

Krambambuli *Bösartiger Mensch*
Beschimpfung im Sinne von: ‚Du Teufel!'; verbreitet u. a. durch Marie von Ebner-Eschenbach. Ursprünglich die Bezeichnung eines Danziger Wacholderbranntweins. Vergleiche mittelhochdeutsch *kranewite* für ‚Wacholder'.

Låpp, Låppin *Dummkopf, Dumme Trine*
Person, die sich alles gefallen lässt. Wahrscheinlich von ‚Lappen, Putztuch'.

Luder, Luada *Liederliche, berechnende Frauenperson*
Gehört zu mittelhochdeutsch *luoder* ‚Lockspeise', ursprünglich ‚Aas, Kadaver'. Erst später der Übergang zum Schimpfwort. Kann eine positive Bedeutung annehmen im Sinn von ‚(taktisch) geschickt, raffiniert': *Du Luder, hast mi wieder drankriegt!*

Raspel *Frau mit einem bösen Mundwerk*
Herleitung von *Raspel* ‚Reibeisen'.

Rotzlöffe(l) *Frecher Kerl*
Mit dem Erstglied *Rotz* besteht eine Reihe von Wortschöpfungen: *Rotzbub, rotzfrech, Rotzdirndl, Rotznase.*

Ruasch(e)n *Lebhafte, aber auch voreilig und unbedacht handelnde (junge) Frau*
Hergeleitet von *ruschn, ruaschn* für ‚übereilt, unbesonnen handeln'.

Meine (Lieblings)-Schimpfwörter

Völlig rätselhaft

Hättest du das gewusst?

Was heißt ...?

... Clerasiltestgelände

Waschpulver: 6
Pickelgesicht: 4
Zahnpasta: 4
Fabrikgelände: 2
Name einer Skateboardfirma: 1

... Homil

Etwas zu Essen: 6
Getränk: 6
Sehenswürdigkeit: 4
Guter Freund: 4
Land in Südamerika: 1

... Kellertraube

Kellerraum: 1
Insekt: 3
Sekt: 14
Ratte: 2
Erdäpfel: 1

noch mehr Schimpfwörter

Strizzi *Leichtfertiger Kerl, Schlingel*
Ähnlich wie ‚Hallodri'; aber auch in der Bedeutung ‚Strolch, Gauner'. Zuweilen liebevoll für einen ‚Lausbub'. Auch die Bezeichnung für ‚Zuhälter'.

Törische, derrische Kapöln
Schwerhörige(r)
Menschen mit Hörbehinderung hat man einst mit *Toren,* also ‚Narren', gleichgesetzt. Wer nicht hörte, war ein Dummer (mhd. *tumb, tump* für ‚stumm'), also in der Regel taubstumm.

Ein *Blödsichtiger* war jemand mit Sehschwäche, ein ‚Kurzsichtiger'. Solange es an Hörgeräten und Brillen fehlte, war die Gleichsetzung von in ihrer Sinneskraft Beeinträchtigten mit Geistesschwachen an der Tagesordnung, die Betroffenen zur sozialen Ausgrenzung verurteilt. Eine Ausbildung zur Gebärdensprache oder zum Lesen von Brailleschrift war kaum gegeben. *Kapöln,* also ‚Kapelle', drückt dieses Abseitsstehen bildhaft aus.

Truchn *Wörtlich: Truhe*
Derbe, vierschrötige, geistarme Frauenperson. Also wenig schmeichelhaft: *Des is a Truchn.*

ECHT GEMEIN ...

Öaschgaign *Wörtlich: Arschgeige*
Schimpfwort von wenig konkreter Bedeutung. Auch frühere Generationen hatten einen Hang zu Fäkalausdrücken.

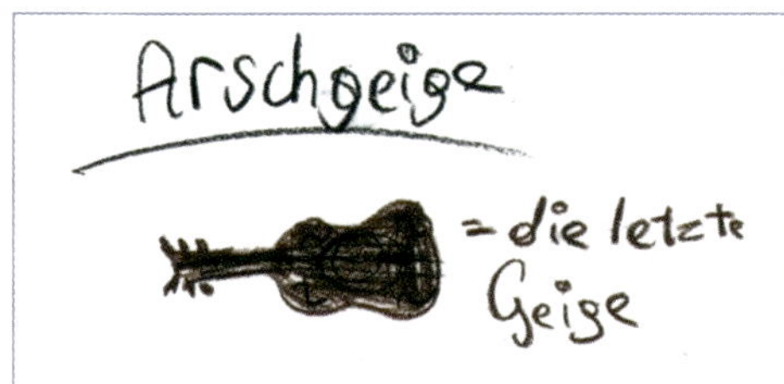

Dogga *Tölpel*
Geistig zurückgebliebener, ungeschickter Mensch. Von *Dock(e)n* für ‚Puppe', früher im Südosten des deutschen Sprachraums allgemein verbreitet. In der Landwirtschaft für ‚Heumandl(n)' in Verwendung.

Håderlump und Strizzi, Flitscherl, Schlampen, Trutschn

Dotsch, Dotschn *Depp, Tölpeline*
Sowohl ‚der' wie auch ‚die'. Von der gleichnamigen, aus der böhmischen Küche übernommenen Bezeichnung für ein Schmalzgebäck.

Flitsch(e)n, Flitscherl *Leichtfertiges, leichtsinniges Mädchen*
Herleitung von *flittern* für ‚kichern'; auch: ‚liebkosen'. Vergleiche dazu die ‚Flitterwochen'.

Håderlump *Schlawiner, Gauner*
In Österreich allgemein verbreitet; eigentlich eine verdeutlichende Bildung, Doppelung; denn *Hader* bedeutet ‚Lumpen, Fetzen'. Das Wort wurde später übertragen auf den Lumpensammler, den in Lumpen Gekleideten.

Kanairåtz *Kanalratte*
Wo is denn der Kanairåtz vira-krochn? Nachdem Kanalisierung eher eine infrastrukturelle Errungenschaft der Stadt ist, handelt es sich wohl auch sprachlich um ein Stadtkind. Aus dem Wienerischen.

Krattler, Grattler *Schäbiger, armer Mensch, Taugenichts, Habenichts*
Von *Kratt(e)n* ‚Korb'. Also wörtlich ein ‚Körbler', der sein ganzes Hab und Gut in einem Korb unterbringt bzw. eine Person, die mit einem Korb hausierend herumzieht.

Heute primär für ‚asoziales Verhalten, Asoziale' *(Des is a Grattler!)* in Österreich und Bayern. Ein ‚Wohnwagen' wird als *Grattlervilla,* der ‚Linienbus' als *Grattlertaxi* ausgespottet.

Saubartl *Ungustiöser Schmutzfink*
Gleichbedeutend mit *Saumåg(e)n,* was auf *mage* ‚Verwandter', zu beziehen ist.

Schlampe(n) *Käufliches, ‚leichtes' Mädchen*
Eine Ableitung zum Verb *schlampen* ‚schlotterig hängen, nachlässig sein'.

Trutsch, Trutschn *Einfältige Person, Idiot(in)*

... Heuchlerbesen
Blumenstrauß: 2
Weicher Besen: 5
Schwindler, Lügner: 6
Böser Mensch: 1
Keine Ahnung: 7

... Baumkuschler
Eichhörnchen: 4
Vogel: 4
Naturfreund, Grüner: 6
Wanderer: 5
Siebenschläfer: 2

Auflösung:

Clerasiltestgelände
Pickelgesicht
Homil
Guter Freund
Kellertraube
Kartoffel, Erdäpfel
Heuchlerbesen
Blumenstrauß
Baumkuschler
Naturfreund, Grüner

daschlaogn

hoit dö Pappm

sei schtaad, wonnst nit gfroagg weascht

miisch di nit eai

hoit liawa deai Gosch, sist pick i das zua

zoit si nit aus, weaign so ana Kloanigkeit s Maui aufreissn

dös Mauin schteaiht da nit zua.

Junge Schimpfwörter

Angster *Angsthase*
Das Gegenteil vom Gangsta

Bankster *Wortkreuzung aus ‚Bank' und ‚Gangster'*
Wortschöpfung in der ursprünglichen Bedeutung ‚Bandenmitglied'. In späterer Verwendung für einen Bankangestellten, der spekulative Geschäfte macht und so Finanzkrisen verursacht.

Bauer *Person von wenig gewinnender, zumeist rundlicher Erscheinung*
Stigmatisiert in überkommener Art und Weise die Landbevölkerung als (vermeintlich) zurückgeblieben, einfältig, ungehobelt, ungestylt.

Bauernstyler *Person mit geschmackloser Kleidung*
Vergleiche ältere, spruchreife Vorurteile und Gehässigkeiten wie: „Rot und blau: Bauernsau!"

Behindi Kindi *Nervensäge*
Kindersprachliche Neubildung aus ‚Behindertes Kind'.

Bewegungslegastheniker
Unsportlicher, fauler Mensch, oder: *Tollpatsch*

Bimbo
1. *Schwarzer; diskriminierend und vulgärsprachlich*
2. *Schwächling, jemand, der ausgenützt wird*

Blåsn *Dummkopf*

Boidl *Schwachkopf, Tölpel*
Kurzform von Leopold.

Extrawurst *Person mit Ausnahmeanspruch*
Wer ständig eine Sonderbehandlung will, braucht oder verdient, macht sich nicht beliebt.

Das Wort hat in der Jugendsprache wieder an Bedeutung gewonnen.

Felleule *Mädchen mit langen, ungepflegten Haaren*

Freibierparasit *Schnorrer*

CD-Track
28

Angster, Bankster, Bauernstyler

Gatschi *Bauer*
Person, die im *Gatsch* ‚Dreck' lebt. Diskriminierend für die Landbevölkerung. Nach einer zweiten Herleitung zigeunersprachlich für ‚sesshafter, an die Scholle gebundener Landbewohner'.

Geistig unbewaffnet *Dumm*

Gay Lord *Homosexueller*

Gschutzt *Dümmlich, schwach von Begriff*

Hobbit *Kleingewachsener Mensch*

Homo *Steinzeitmensch, Einfaltspinsel*
Kurzwort aus der Turbosprache.

Knödelfee *Dickes Mädchen*

Kråpfn *Dicke Frau*
Wörtlich: ‚Krapfen'. Typisch österreichisch.

Loser *Verlierer*
Vom englischen *to lose* ‚verlieren'. Ein vernichtendes Urteil.

LL *Doppelloser*
Kürzel

Lusch *Lascher (junger) Mann ohne Durchsetzungsvermögen*
Österreichisch.

Motzkeks *Nörglerin*
Von *motzen* ‚sich aufregen, herumkritisieren'.

Opfa *Idiot, Geschlagener*
Wörtlich: das ‚Opfer' (der Umstände, Familie, Umwelt ...), mit erheblichem Bedeutungswandel in der Jugendsprache verwendet.

Hobbit
Homo
Knödelfee
Loser
Motzkeks
Felleule
Gay Lord
Opfa
Extrawurst

hiaz waos iss

auf mied da Pappmm

röd, wonnst gfraogg weascht

loß di nit long bedln um a Waoscht

außa mied da Schpraoch

bist aufs Maui gfoin oda haots da d Röd vaschlaogn

Theresia Oblasser,
Altbäuerin in Taxenbach
Geb. 1941

noch mehr junge Schimpfwörter

Åwezahra *Faule und destruktive Person*
In ganz Österreich verbreitetes Schimpfwort für jemanden, der nur nörgelt und nichts Produktives beiträgt.

Patient *Hilfloser Schwachkopf*

Pfosten *Begriffsstutzige Person*

Schwammerl *Schwächling, Dummkopf*

Spacko *Trottel, Depp*

Spast *Unbeholfener, Dummkopf*
Wohl von: ‚Spastiker'; mit Bedeutungswandel.

Tussn, Tussi *Thusnelda*
Aus dem Piefkinesischen in Österreich eingebürgert. Thusneldas Name, der im 19. Jahrhundert noch positiv besetzt war, wurde im 20. Jahrhundert umgedeutet. Mitverantwortlich war mit Sicherheit Kleists „Hermannsschlacht", die Schullektüre etlicher Generationen. Thusnelda wurde zur Bezeichnung für nervige Ehefrauen und weibliche Dienstboten.

Heute ist *Tussn* und *Tussi* ein Schimpfwort für ‚oberflächliche, eitle, weibliche Dummchen'. Thusnelda († nach dem 26. Mai 17 n. Chr.) war eine Tochter des Cheruskerfürsten Segestes und die Gemahlin des Cheruskerfürsten Arminius.

Viech *Großer, starker, muskulöser Mann*

Tussi
Pfosten
Owezahrer
Viech
Behindi
Kindi
Gatschi
Homo
Boidl
Lusch
Freibier
parasit
Krapfn

Das Märchen vom Rotkäppchen und dem bösen Wolf

Resko Maksuti (12), Jessica Polz (12) und Sophie Hetzl (10)

26 CD-Track

Es war einmal ein cooles, hübsches Mädl, das Rotkäppchen hieß. Sie hieß so, weil sie voll des gwante rote Capy hatte. Ihr krasser Vater sagte, die uralte Oma sei krank und nervte Rotkäppchen: „Geh zu deiner Gangsta Oma und bring ihr was zu buttn, Kekse und an gschmeidign Tee! Und wenn'st schon bei da Oma bist, bring ihr noch die Lobe, die ich ihr schuldig bin!"

Rotkäppchen zog sich voll die gwantn Gangstaklamotten an und machte sich auf den zachn Weg. Im Wald ging Rotkäppchen noch am „Märchenwald-Kebap-Stand" vorbei und bestellte gleich zwei. Dann kam auf einmal der schiache Wolf aus dem Gebüsch gesprungen und sagte: „Her mit der Lobe!" Da sagte Rotkäppchen: „Halt dein Maul und schleich dich zurück in dein Gebüsch und lutsch an deinem Daumen!" Das Rotkäppchen ging cool weiter.

Bald sah sie Omas Bude und klopfte fest an die Tür. Oma machte aber die Tür nicht auf. Also ging Rotkäppchen in die Bude rein und ging zu Omas Schlafzimmer. Dann, voll krass, hatte die Oma voll die Haare im Gesicht und voll die lange Schnauze. Rotkäppchen fragte: „Hey Oma, wieso hast'n du so mega Ohrwaschln?" „Damit i bessa Sound hörn kann!" „Und warum hast so an urgroßn Mund?" „Na, fråg ned so bled, damit i bessa buttn kann!" Und da war's dann auch schon vorbei.

Der Wolf, der die Oma vorher schon gebuttet hatte, hat einfach das Rotkäppchen auch noch aufgefressen. Ein bissel später ging die gmiadliche Jägerin vorbei und dachte sich: „Hey, wieso schnarcht denn die Lisl heut' so laut? Ich glaub, da muss ich mal nachschauen!" Als sie ins Haus ging, sah sie den depadn Wolf im Wasserbett liegen und schlafen. „Und de Oma hat er sicher gfressn!" Da griff sie sich eine Schere und hat einfach den Ranzen aufgeschnitten und die Oma und des Rotkäppchen rausgeholt. Voll die Heldin, oida! Dann haben die Drei dem blöden Wolf auch noch voll die schweren Steine in den Bauch gelegt und wie er abhauen wollte, ist er einfach umgefallen und nicht mehr aufgestanden.

Zur Feier des Tages setzten sich Oma Lisl, Rotkäppchen und die gmiadliche Jägerin an den Tisch, tranken gschmeidign Tee und teilten sich die Kebaps und hörten dazu mega laute Musik, die man im ganzen Wald hören konnte. Und voi gwant die Jägerin hat sich als Trophäe den Pelz vom schiachn Wolf genommen und hat jetzt voll den gwantn Wintermantel.

Damals...

Sicherheit

„Der Schlüssel wurde unter die Fußmatte gelegt. Angst vor Einbrechern hatten wir nicht. Eher schon vor den Zigeunern."

„Einmal bekamen wir eine alte Henne geschenkt und mein Vater freute sich schon sehr auf das Essen. Am gleichen Tag aber kam eine bettelnde Zigeunerin. Meine Mutter sagte: ‚Wir haben selber nicht viel.' Da entgegnete die Zigeunerin: ‚Ich rieche aber etwas!', nahm den Deckel vom Topf, nahm die Henne heraus, wickelte sie in ihre Schürze und war dahin."

SeniorInnen vom Ergotherapie-Gedächtnistraining Itzling

Schlawiner & Ordnungshüter

Fladern *Stehlen*
Im Südosten des deutschen Sprachraums weit verbreitete, saloppe Bezeichnung für ‚stehlen'. Nicht gebräuchlich für schwere Diebstahlsdelikte. In Deutschland würde man stattdessen *mopsen* oder *mausen* sagen.

Stibitzen *Stehlen*
Noch lässlicher ist die Sünde des Eigentumsdeliktes oder Mundraubes in einem Fall des ‚Stibitzens'. Das Wort stammt aus der Studentensprache.

Schandarm, Schendarm, Schante, Schantehaxn *Gendarm(en)*
Für die öffentliche Sicherheit ist seit 1. Juli 2005 die Polizei zuständig, in der die österreichische Gendarmerie aufgegangen ist. Diese war seit der Mitte des 19. Jahrhunderts für öffentliche „Ruhe und Ordnung" im Einsatz, ein Wachorgan mit zivilen Aufgaben und quasi militärischer Organisation, indessen die Polizei weniger Schutzfunktion hatte als vielmehr für die Verfolgung krimineller Delikte im Dienst stand.

Etwas untern Tisch kehr(e)n *Ein Delikt vertuschen*

Schlawiner und Gendarm

Häf(e)nbru(a)der *Einer mit Gefängniserfahrung*
Das *Häf(e)n* ‚Behältnis, Topf' erfuhr eine Bedeutungserweiterung hin zu ‚Gefängnis'. Vergleiche das bundesdeutsche Wort ‚Knast'.

Zwitschern *Jemanden verraten, aussagen*
Euphemismus (Beschönigung) für den laut Verhaltenskodex unter Kleinkriminellen verpönten Verrat. Analog dazu bestehen die Ausdrücke *singen, plaudern* etc.

Fladern und wampsen

ORDNUNGSHÜTER

ACAB *All cops are bastards*
ACAB ist in der Verbindung von Anglizismus und Kürzel besonders charakteristisch für die Jugendsprache.

Glisti, Gschmiade *Polizei*

Trachtengruppe *Polizisten in Uniform*

Eindüb(e)ln
Einbrechen
Einbrechen
Stehlen
Stehlen
Fiedeln
Staxen
Tschurn
Stehlen
Haltet den Dieb !!!
Dieb
Tschurant
Dieb
Verrat!
Wampsen
Jemanden verraten
Verrat!

Jemandem etwas anhängen

„Ich war das nicht, da will mir jemand etwas anhängen!“ Diesen Satz hören Richter wohl viele Male. Aber woher kommt dieser bildhafte Ausdruck?

In der Zeit des Mittelalters gab es allerlei eigenartige Strafformen – und manches war für die Frauen gedacht. Für Zank, Gotteslästerung, bösen Tratsch und üble Nachrede wurden ihnen verschiedene Gegenstände „angehängt“, die sie in der Öffentlichkeit tragen mussten. Zum Beispiel den Schandstein, die Schandgeige oder den Schand - lappen. Sie stempelten die Verurteilten zu Außenseitern, was ihnen den Spott und Hohn der Mitmenschen einbrachte.

Sprach-Original

Gerhard Reinisch

54 Jahre

Chefportier Hotel Sacher Salzburg

Immer nach der friedlichen Lösung suchen!

Ich versuche, meinen Gästen den Aufenthalt in Salzburg im Hotel Sacher so angenehm wie möglich zu gestalten.

Welche Tipps halten Sie für Ihre Gäste bereit?
Gefragt sind vor allem Informationen zu kulturellen Veranstaltungen und ich hab meine persönlichen „Geheimtipps“, die auf den Gast abgestimmt sind.

Welche Bedeutung hat Sprache für Ihre tägliche Arbeit?
Sprache ist für meinen Beruf essenziell. Aber oft ist es gar nicht notwendig, dass ich jedes Wort genau weiß, wenn ich es nur in Mimik und Gestik ausdrücken kann.

Stellen Sie sich vor, Sie wären noch einmal 16 …
Mit dem Wissen von heute würde ich Gold kaufen. Und Bilder von Künstlern, die heute berühmt und teuer sind.

Wenn Sie Jugendliche miteinander reden hören, wie ist Ihr Eindruck?
Es herrscht ein gewisser Sprachminimalismus. Es gibt eigentlich nur noch Wörter wie super, cool und geil. Kein „schön“, kein „beeindruckend“ und keine, sagen wir, situationsspezifische Meinung.

Was würden Sie Jugendlichen von heute gern sagen?
Es gibt Werte, über die man nicht hinwegsehen soll. Der persönliche Freiraum des Einzelnen ist wichtig. Den muss man geben und darf man auch erwarten. Und grundsätzlich trete ich für ein entspanntes Miteinander ein.

Haben Sie ein Lieblingswort? Superkalifragilistischexpiraligorisch.

Welches Wort war in Ihrer Jugend verboten?
Alle Fäkalworte. Meine Mutter hat größten Wert darauf gelegt, dass ich einen gewissen Sprachrahmen einhalte. Ich komme aus der Steiermark und sie wollte nicht, dass ich allzu sehr belle.

Können Sie von einem sprachlichen Missverständnis erzählen?
Beim Frühstück bekam ein Kellner von einem deutschen Gast die Bestellung für „eine Frankfurter und eine Bild“. Er brachte ihm Frankfurter Würstel und ein Pils. Gemeint waren aber die Frankfurter Allgemeine und die BILD-Zeitung.

Stellen Sie sich vor, Sie wären noch einmal 16 ...

(Lacht.) Ich würde nicht recht viel anderes Verrücktes machen, als uns damals so eingefallen ist. Wir waren als Kinder viel allein, da ist einem natürlich viel Blödsinn eingefallen.

Haben Sie schon einmal Jugendliche miteinander reden gehört?

Ich glaube, dass viele sprachliche Eigenheiten etwas wie Mode geworden sind. Sie drücken einen Stil, ein Lebensgefühl und Gruppenzugehörigkeit aus. Aber wie die Mode so spielt, innerhalb kurzer Zeit liegt wieder etwas Anderes im Trend.

Was würden Sie den Jugendlichen von heute gerne sagen?

Nichts. Der einzige Unterschied zu früher sind aus meiner Sicht die Medien. Sie sind aufmerksamer geworden. Dadurch entsteht mehr Öffentlichkeit.

Welches Wort mögen Sie überhaupt nicht?

Generell mag ich keine Beschimpfungen, egal ob aus rassistischen oder persönlichen Gründen oder aus Unverständnis heraus. Also Schimpfwörter jeglicher Art und Weise, das geht mir ziemlich gegen den Strich.

Können Sie von einem sprachlichen Missverständnis erzählen?

Was ich immer wieder lustig finde, ist der Umgang mit dem Wort „oida“. Das ja überhaupt kein Schimpfwort ist.

Ich glaub, dass es viele Wörter gibt, die Jugendliche verwenden, die bei weitem nicht so negativ sind, wie sie von uns Erwachsenen aufgefasst werden.

Sprach-Original

Oskar Koller

59 Jahre

SOG-Gastwirt i.R.

Leben und leben lassen!

In der Gastronomie kommuniziert man viel, Reden gehört zum täglichen Geschäft. Es beginnt bei der Begrüßung, und manchmal setzt man sich dazu. Mit interessanten Gästen spreche ich natürlich länger.

Portrait

Susanne Hofmann-Donnersberg

85 Jahre

Verkehrsbeamtin, Literatin

Ihr akademischer Bildungsweg ist eher atypisch. Wie kam es dazu?
1980 übersiedelte ich nach Salzburg. Und das erste, was ich tat, als ich hier ankam? Ich schrieb mich an der Universität Salzburg für Kunstgeschichte und Archäologie ein! 1988 promovierte ich zum Doktor der Philosophie! Das war einer der glücklichsten Tage meines Lebens!

Was waren die wichtigsten Ereignisse in Ihrem Leben?
1942 habe ich in Krems maturiert. Nach dem damals vorgeschriebenen Reichsarbeitsdienst bin ich an die Uni Wien studieren gegangen. Drei Semester lang beschäftigte ich mich mit Geschichte, Deutsch und Englisch. Dann wurde von der Regierung der Erlass veröffentlicht, dass alle Kriegseinsatz leisten müssten. Da war es natürlich aus mit dem Studieren und ich wurde Arbeiterin in einer Rüstungsfabrik.

Konnten Sie Ihren Bildungshunger später nachholen?
Nach dem Krieg konnte ich nicht weiterstudieren, weil Krems starke Bombenschäden erlitten hatte. Auch der Bahnhof war zerstört, - ich konnte nicht mehr nach Wien fahren. Also besuchte ich den so genannten „Fünften Jahrgang“ und legte 1946 eine zweite Matura ab, mit der ich die Qualifikation zur Volksschullehrerin erreichte. Um mein Englisch zu verbessern und weil es keine Arbeitsangebote gab, ging ich als Köchin für ein Jahr nach London. 1949 suchte ich um Einstellung in den Schuldienst an. Damals gab es ein Überangebot an Lehrern und erst 1951 wurde mir eine Bewilligung erteilt. Ich hatte deshalb eine Stelle als Verkehrsbeamtin (Büroangestellte) bei der Telekom Austria angenommen und blieb dort bis zu meiner Pensionierung.

Was bedeutet das Wort „Generation“ für Sie?
Eltern, Großeltern, Urgroßeltern, Ururgroßeltern usw. Für mich ist es leicht, mich an sie zu erinnern, weil ich ihre Bilder um mich habe.

Was würden Sie Jugendlichen heute gern sagen?
Krieg ist schrecklich. Niemand denkt an die Frauen, deren Männer nicht zurückkommen, die Kinder, die ohne Vater aufwachsen müssen. Ich hoffe, dass es ganz lange keinen Krieg mehr geben wird! Und was noch wichtig ist: lernen, lernen, lernen!

„Ein Schritt ins Alter“
Ein Workshop des ZGB

10- bis 12-Jährige fordern:

„Dass man alte Leute nicht schubsen soll!
Es sollte ein Gesetz sein!“

„An alle Busfahrer! Ich, Verena, ersuche euch zu warten, bis sich ältere Leute hingesetzt oder angehalten haben. Danke!“

„Lieber Herr Bürgermeister! Bitte machen Sie die Ablaufdaten größer!“

„Die Ampeln sollen länger scheinen, weil die alten Leute nicht so schnell gehen können!“

ZGB

BEGEGNUNGEN

Die jungen Workshopteilnehmer/innen erfahren das Alter in den fünf verschiedenen Stationen des Simulationsparcours als eigenständigen Lebensabschnitt mit besonderen Bedürfnissen und Wünschen und entwickeln eine Vision für eine lebenswerte Zukunft für alle Generationen.

Sie erarbeiten Ideen für eine funktionierende Kommunikation zwischen den Generationen und eine barrierefreie Gestaltung von Umwelt und Produkten, die nicht behindern. Durch das Entdecken einer neuen Perspektive und Spaß am Lernen wird nachhaltig an der Korrektur stereotyper Altersbilder gearbeitet und ein positives Bewusstsein für das Alter geschaffen.

War es ein Traum?

Deine Hand über mir –
mein Gesicht liegt darin.
So geb’ ich mich Dir,
und Du Dich mir hin.

Ich lieb’ Deine Weichheit
und auch Deine Kraft,
zärtliche Innigkeit
und Leidenschaft.

Ich mag Deine Augen,
wenn sie über mir lachen,
Nase, Mund, Zähne und
noch ein paar Sachen.

Traum, der vorüberzieht.

Susanne Hofmann-Donnersberg

Portrait

Michele

17 Jahre, Schülerin

Ich muss sehr früh aufstehen, um mich zu schminken und die Haare zu glätten. Das ist heutzutage ein Muss. Wenn nach den Hausaufgaben noch Zeit ist, treffe ich mich mit meinen Freunden. Das geht aber nicht immer, da jeder im Fernsehen seine eigene Lieblingsserie hat und diese nicht verpassen möchte.

Was machst du gern in der Freizeit?

Meistens gehen wir auf einen Kaffee, im Winter auf den Christkindlmarkt, im Sommer chillen wir oft an der Salzach. Am Wochenende gehen wir aus oder ins Kino. Sonst gehe ich ins Taxhamer JUZ oder in den Europark.

Was bedeutet das Wort „Generation“ für dich?

Meine Großeltern, meine Eltern, meine Generation, meine jüngeren Schwestern, das sind alles eigene Generationen. Die Modernisierung durch Medien und Elektronik hat die Unterschiede vergrößert. Meine Großeltern hatten keinen Computer und wir können uns ein Leben ohne PC nicht mehr vorstellen. Ich verbringe viel Zeit mit Facebook und schülerVZ*, um Neuigkeiten auszutauschen oder Fotos hochzuladen.

Welche Bedeutung hat Sprache für dich?

Für mich sind Sprache und Kommunikation sehr wichtig, weil jede Jugendgruppe ihren eigenen Slang hat. Als Insider weiß man sofort, was gemeint ist. Fremdsprachen, besonders gutes Englisch, bringen sicher bessere Job-chancen.

Was unterscheidet die Jugendsprache von der Erwachsener?

Da gibt es einen „grooooooooßen“ Unterschied. Jugendliche untereinander sagen: „oida, hey man, wasd eh“ und ordinäre Wörter, zum Beispiel „du Wixxer“ und beschimpfen sich oft gegenseitig. Mit Erwachsenen sprechen sie meistens eine gehobenere Sprache, um nicht so einen asozialen Eindruck zu hinterlassen.

Welches Wort magst du überhaupt nicht?

Ich mag Beschimpfungswörter nicht oder Wörter, die ich nicht aussprechen kann.

Welches Wort haben dir deine Eltern verboten?

„Oida“ ist zwar eins meiner Lieblingswörter, aber die Mama hat eine Strafe darauf gesetzt. Wenn wir es zu Hause sagen, müssen wir es 1000x schreiben (lacht).

Welche Wörter verwendest du oft im Alltag?
„Oida" - wenn ich nicht zu Hause bin ☺, „echt jetzt" - meistens zum Verarschen, und in der Schule sage ich oft „du lügst" - egal, was gerade gesagt wird. Mein Lieblingswort ist „oha!" Wenn mir etwas Tragisches oder Spannendes erzählt wird, sage ich nicht „a geh", sondern „oha". Beim Schreiben betone ich meine Wörter meistens mit Smileys*.

Was sollen ältere Menschen über dich wissen? Wer bzw. wie bist du?
Ich schätze mich als hilfsbereit und manchmal nörgelnd ein. Ich versuche oft, allen alles Recht zu machen. Ich stecke einiges weg, damit es anderen besser geht. Aber nicht immer, manchmal gibt es dann nur mich und da will ich meinen Kopf durchsetzen.

* **Smil☺ys** – s. Dolmetscher Seite 63

* **schülerVZ** – Kostenloses Online-Netzwerk für SchülerInnen

Generationenfeste

Spielespaß für Jung und Alt

Immer wieder finden in verschiedenen Stadtteilen generationenübergreifende Feste statt.

BEGEGNUNG

Neben der Präsentation von sozialen Diensten gibt es dabei Spiele für Jung und Alt, Seniorencafé mit Tanz und Musik, Gedächtnistrainings und vieles mehr. Oberstes Ziel ist die Begegnung zwischen Kindern und älteren Menschen, wobei das Spiel bei der gemeinsam verbrachten Zeit die Brücke zum gegenseitigen Kennenlernen, zur Kontaktaufnahme und zum Sich-aufeinander-Einlassen ist.

Der Abbau von Berührungsängsten und Vorurteilen und das bessere Verstehen der „anderen Welt" spielen eine wesentliche Rolle.

Portrait

Valentina

13 Jahre, Schülerin

Mein typischer Tag sieht so aus: Ich stehe um sieben Uhr auf, um acht Uhr beginnt die Schule. Die dauert meistens bis 13.40 h und ist Stress. Kurze Pausen, Klassen wechseln, keine Zeit fürs Essen.

Wieviel Zeit bleibt für die Freizeit?

Ich bin Cheerleaderin und gehe einmal in der Woche reiten. Ich würde gerne Fußball spielen, aber das geht sich mit der Schule nicht aus. Und ich muss ziemlich viel lernen. Ohne gute Noten hat man keine Freizeit, weil die Eltern mehr verbieten. Zum Beispiel, dass man seine Freunde sehen darf. Im Leben eines Teenagers sind Freunde jedoch das Wichtigste!

Welche Bedeutung hat Sprache für dich?

Die verschiedenen Weltsprachen finde ich interessant. Man kann sich aus Latein und Spanisch immer wieder was zusammenreimen, das finde ich irgendwie cool. Eine andere Ausdrucksform ist Kleidung, auch eine Sprache. Meine Kleidung sagt aus, wer ich bin. Momentan wechsle ich von Glamour zu Skateboard. Es soll punkiger sein, das gefällt mir momentan besser.

Welche Gruppenbildungen sind in deinem Leben wichtig?

Die Shoppingmädels tragen viele Fakes, alles nachgemacht, weil sich eine Handtasche von Gucci oder Prada niemand leisten kann. Ich fühle mich in hautengen Sachen nicht wohl und mixe gestreift mit kariert: Das kann man als Trendgirl nicht machen. Weil da kommt gleich rüber, du ziehst dich nicht gescheit an. Skater sind offener, cooler. Denen kommt es nicht nur aufs Aussehen an. Ich kann viel mehr ich selbst sein. Auch die Musik ist anders, früher hab ich nur Britney Spears und das alles gehört, jetzt nur Punk und Rock.

Was ist dein Lieblingswort?

Ich habe viele Lieblingswörter! Eines davon ist „sexy“. Aber das wechselt häufig, weil ich mit meinen Freunden neue Wörter erfinde. Wir reimen irgendwelche Sätze zusammen. Wenn wir das machen, sind wir gut drauf.

Gibt es eine Besonderheit, wenn Jugendliche miteinander reden?

Ja, wir reden meistens Dialekt und manchmal verarschen wir uns gegenseitig, indem wir Hochdeutsch reden.

Gibt es Wörter, die du überhaupt nicht magst?

„Gwant*“ – das hat überhaupt keinen Sinn für mich.

***Gwant – Seite 39, 69**

Welche Wörter sind zu Hause verboten?
„Oida" oder „na, schmäh", das mögen meine Eltern überhaupt nicht. Manchmal kommt es auch zu Missverständnissen. Es passiert, dass ich Wörter ein bisschen verschlucke. Dann fängt eine Riesendiskussion an, ob es meine Mama nicht verstanden hat oder ich es nicht gesagt habe.

Welche Wörter verwendest du am meisten?
„A geh", „geil", „na, na, na, na, na" (wenn man Scherze macht), „jo passt", „fix ned" (sicher nicht) und „okischoki".

Was sagt dir das Wort „Generation"?
Ich finde, dass die Jugend immer schneller erwachsen wird und früher mit dem Rauchen und Trinken anfängt. Es gibt 10-Jährige, die mit der Zigarette vor der Schule stehen. Und ich finde das echt daneben! Aber es sind nicht alle so!

Was sollten ältere Menschen über dich wissen?
Damit es mir gut geht, brauche ich meine Freunde! Und von meinen Eltern brauche ich Zuneigung. Und das Wissen, dass ich ihnen alles anvertrauen kann in meinem Leben.

Salzwand

Graffiti berührt

Kunst versus Geschmiere: Graffiti ist eine der sichtbarsten Ausdrucksformen in Sachen Jugendkultur.

BEGEGNUNG

SALZBLOG.AT

Damit sich junge KünstlerInnen so richtig austoben können, stellt die Stadt Salzburg legale – teils mobile – Graffiti-Flächen zur Verfügung, wo sich die Jugendlichen frei entfalten können.

Sprach-Original

Christa Erhart

66 Jahre Ärztin mit Schwerpunkt Altersmedizin.

Wissenschaftliche Leiterin des ZGB – Zentrum für Generationen und Barrierefreiheit

Was bedeutet das Wort „Generationen“ für Sie?
Das ist ein brandheißes Thema. Durch die höhere Lebenserwartung hat sich das Drei-Generationenschema aufgelöst. Eine Urgroßelterngeneration ist dazu gekommen. Da die Zeitspanne zwischen der ersten und vierten Generation natürlich sehr lang ist und Mehrgenerationenhaushalte tendenziell verschwinden, wird die Verständigung immer schwieriger. Es ist höchste Zeit, Generationen verbindende Projekte ins Leben zu rufen und das Verständnis füreinander neu aufzubauen.

Sprache – welche Bedeutung hat sie in Ihrer täglichen Arbeit?
Kommunikation pur. Oft geht es nicht darum, was man sagt, sondern darum, wie man sprachlich auf Menschen zugeht. Die menschliche Stimme ist in der Medizin wie im Alltagsleben ein Heilmittel. Worte können Schmerzen lindern und Ängste abbauen.

Stellen Sie sich vor, Sie wären noch einmal 16 …
Ich würde am ersten Ferientag meinen Rucksack packen und ohne Ziel zwei Monate kreuz und quer durch die Lande bummeln.

Wenn Sie Jugendliche miteinander reden hören. Wie ist Ihr Eindruck?
Sie sprechen, wie wir zu unserer Zeit, eine etwas eigene, kraftstrotzende Sprache. Man erkennt oft den einen oder anderen Werbespot oder Krimihelden dahinter - aber meistens wirken sie sehr ernsthaft und machen einen selbstsicheren Eindruck auf mich.

Was würden Sie den Jugendlichen von heute gern sagen?
Vielleicht, ... dass sie für die Generation der „Alten“ keine Wesen von einem fremden Stern sind. Alte Menschen wissen aus ihrem eigenen Leben mehr über Wünsche und Träume der Jugendlichen als umgekehrt. Und, es zahlt sich aus, auch die Sprache der alten Menschen zu verstehen, denn sie können die besten Verbündeten sein.

Wo liegen die Schwerpunkte Ihrer Tätigkeit?
Im Team überlegen wir uns spannende Angebote für Kinder und Jugendliche.

Welche Bedeutung hat Sprache in Ihrer täglichen Arbeit?
Ich bin seit Jahrzehnten in der Jugendarbeit. Dabei wird immer wieder klar: Sprache definiert, wie ich zum Gegenüber stehe und wer ich selber bin. Zum Beispiel: Ich versuche mit Jugendlichen eine Sprache zu sprechen und gleichzeitig den Balanceakt zu schaffen, dass sie auch verstehen, in welcher Position ich mich befinde. Eine feine Skala, auf der man zu spielen lernen muss. Oft setze ich Sprache sehr bewusst ein, indem ich z. B. Dialekt verwende und meine Mimik und Gestik danach ausrichte. Aber mir kommt vor, je älter ich werde, desto schwieriger ist diese Anpassung. Deshalb ist es mir so wichtig, jeden Tag an meiner Sprache zu arbeiten.

Was fällt Ihnen an der Jugendsprache heute auf?
Als ich in den 1980ern in der Jugendarbeit anfing, gab es vielleicht einen Buben oder ein Mädchen, die aus einer z. B. bulgarischen Familie stammten. Heute kommen die Kinder und Jugendlichen, die unser JUZ (Jugendzentrum) besuchen, großteils aus den Balkanländern. Damit sehen wir uns mit ganz neuen Herausforderungen konfrontiert. Die deutsche Sprache ist oft das verbindende Element zwischen den Nationen. Da spielt weniger der Dialekt eine Rolle als eine eigene, stark vereinfachte Sprache. So heißt es z. B. heute: „Geh'n ma Interspar!" Um aber Konflikte zu lösen, fehlt uns oft die Sprache zum Reden. Gewinnen die Emotionen die Oberhand, beginnen die Jugendlichen meist in ihrer Muttersprache zu reden. Da ist man als BetreuerIn plötzlich draußen. Es ist auch oft schwer herauszuhören: Sprechen die noch oder streiten sie schon? Sich da einzumischen, kann Vertrauen zerstören.

Was würden Sie Jugendlichen von heute gern sagen?
Schaut, dass ihr mit Mut und viel Geduld durch die Welt geht. Und habt Verständnis für euer Gegenüber, egal welchen Alters.

Können Sie von einem sprachlichen Missverständnis erzählen?
Als ich spürbar älter wurde, fühlte ich mich von „oida" unangenehm berührt.

Sprach-Original

Heimo Bauer

46 Jahre

Diplom-Sozialarbeiter, pädagogischer Leiter Verein „Spektrum"

Toleranz und Konsequenz

Ich unterstützte die JUZ-Teams in ihrer täglichen Arbeit.

Sprach-Original

Christine Weyrer

58 Jahre

Bibliothekarin, Magistratsbeamtin in der Stadtbibliothek

Arbeiten und lesen!

Ich mach ganz viel als Bibliothekarin. Die Leserberatung in der Ausleihe ist die Hauptaufgabe.

Was umfasst Ihr Arbeitsbereich sonst noch?

Bücher einkaufen, katalogisieren, beschlagworten und besprechen im Bibliotheksprogramm am Computer. Nebenbei bin ich noch für die EDV zuständig. Und ich recherchiere natürlich auch im Internet, z. B. die Bestsellerlisten.

„Generation" – was heißt das für Sie?

Verschiedene Altersstufen, z. B. in einer Familie. In Bezug auf das Lesen beobachte ich aber keine Unterschiede. Es haben schon immer alle gelesen – Junge und Alte. Das Einzige, was heute wirklich anders ist: Früher waren die Bücher besser gebunden. Die haben besser gehalten. Aber bunter sind die Bücher geworden. Dass man heute CDs und DVDs in der Bücherei ausleihen kann – das ist ganz neu. Und Hörbücher sind die großen Renner. Das finde ich richtig gut. Lesen ist leichter zugänglich. Aber auf Bücher möchte ich nie verzichten.

Stellen Sie sich vor, Sie wären noch einmal 16. Was würden Sie gern Verrücktes unternehmen?

(Lacht.) Da fällt mir spontan nichts ein. Ich hatte alle Möglichkeiten und hab das gewählt, was mir Spaß macht.

Wenn Sie Jugendliche miteinander reden hören, was fällt Ihnen da auf?

Es ist heute viel freier und legerer. In der Bücherei höre ich Jugendliche ständig miteinander reden. Sind es nur zwei, läuft das normal ab. Zwar mit dem neuen Vokabular, aber ruhig. Sind mehrere zusammen, wird es einfach laut. Die Ausdrücke, die sie verwenden, stören mich überhaupt nicht. Die Lautstärke schon. Und das auch nur, weil sich jeder so wichtig findet und dem anderen das durch seine Lautstärke sagen will. In der Bibliothek stört das.

Möchten Sie Jugendlichen von heute gern etwas sagen?

Es gibt noch sehr viele nette Jugendliche. Schaut, dass ihr einen Beruf lernt, einen, der euch Spaß macht! Alles andere kommt dann von selbst.

Was sollten jüngere Menschen über Sie wissen?

Dinge, Sachen, haben noch einen Wert für uns. Weil wir vieles entbehren mussten. Deshalb fällt es uns manchmal schwerer, uns von Dingen zu trennen.

Was bedeutet das Wort „Generation“ für Sie?
Ich teile das so ein: Kinder (-14), Jugendliche (-21), junges Mittelalter (-40), älteres Mittelalter (-60), junge Senioren (-75) und ältere Senioren (+75).

Welche Rolle spielt die Sprache in Ihrem Beruf?
Überwiegend wird noch Dialekt gesprochen, was mir persönlich am liebsten ist. Des Weiteren ist natürlich „Hochdeutsch“ angesagt. Dann kommt Englisch, wo ich auch noch gut zurecht komme. Bei Französisch und Italienisch muss ich schon einmal meine Hände für die „Zeichensprache“ zur Hilfe nehmen.

Stellen Sie sich vor, Sie wären noch einmal 16 …
Ich würde mich durchsetzen, die Matura machen und dann Innenarchitektur oder Publizistik studieren.

Wenn Sie Jugendlichen zuhören, was fällt Ihnen auf?
Es geht in ihren Gesprächen viel um Musik und Unterhaltung. Das Ich steht im Vordergrund. Da wird es manchmal auch lauter.

Was würden Sie Jugendlichen von heute gern sagen?
Behandelt eure Mitmenschen wie eure Freunde so, wie ihr selbst gern behandelt werden wollt. Höfliches Auftreten ist wichtig. Dazu gehört für mich zuallererst: Grüßt einander!

Was sollen jüngere Menschen über Sie wissen?
Als Busfahrer muss man sich über viele Stunden stark konzentrieren. Lärm wirkt da oft sehr belastend.

Haben Sie ein Lieblingswort?
Bitte.

Nennen Sie uns 10 Wörter, die Sie tagtäglich begleiten.
Bitte und Danke, Guten Morgen, Grüß Gott, Dienstschluss, Feierabend, Alles in Ordnung, Urlaub, „Heut’ ist es wieder heiß!“.

Sprach-Original

Johann Grassl

53 Jahre
Busfahrer der Salzburg AG

Seid nett zueinander!

Meine tägliche Arbeit besteht darin, Menschen mit dem Bus zu befördern und Fahrscheine zu verkaufen. Dabei ist es wichtig, dass ich vorsichtig und behutsam fahre.

Sprach-Original

Ordensbruder Felix

83 Jahre

Ordensbruder im Franziskanerorden am Kapuzinerberg

Den Mutigen gehört die Welt!

Ich gehe in der Früh Brot holen, ein bisschen einkaufen. Oder auf die Post, zur Diözese. Wenn man was zu tun hat, dann vergeht die Zeit schneller.

Wie beschreiben Sie Ihre Aufgabe?

Meine Aufgabe ist, treu da zu sein. Für die jungen Kapuziner als Ratgeber. Für die Bewohner der Stadt Salzburg als Seelsorger. Und für die Brüderschaft mit meinen kleinen Besorgungsdiensten. Manchmal gibt es Tage, wo ich nicht so gut zurechtkomme. Aber, es geht, es geht, es geht! Den Mutigen gehört die Welt! Das schafft man schon - mehr oder weniger.

Was unterscheidet die Jugend heute von Ihrer eigenen?

Früher hatten die Kinder kein Geld. Es gab nur Arbeit, Arbeit, Arbeit. Erst langsam ist es besser geworden. Heute sagt man, die Jungen haben zuviel. Aber eigentlich bleibt sich die Jugend immer gleich. Der einzige Unterschied: Essen und Geld. Heute essen sie halt so was wie Pommes frites. Hauptsache ist doch, dass die jungen Leute zufrieden sind. Dann schlafen sie gut und sind auch gut bei Humor. Sonst sumsen sie so herum, wie die Bienen um die Ohren, das hat man nicht gern.

Stellen Sie sich vor, Sie wären noch einmal 16 ...

Noch einmal und was Anderes? Ich muss mit dem Leben zufrieden sein. So wie es mir geschehen ist. Ich denke jedoch, dass man heute viel mehr Spaß haben kann. Früher war Autorität so präsent. Sogar bei den Kindern untereinander. Oft haben wir gesagt: „Das darfst du zur Mutti nicht sagen!"

Was würden Sie Jugendlichen heute gern mitteilen?

Gesundheit und Frohsinn. Das kommt auch zurück. Haltet zu euren Eltern. Geht auch ab und zu in eine Kirche. Auch wenn es fad ist, lieb ist es doch.

Was sollten jüngere Menschen über Sie wissen?

Heute ist alles zerrissen. Mir ist „gemeinsam" wichtig.

Nennen Sie uns die Wörter, die Sie besonders häufig verwenden.

Immerhin, Auf und Ab, Im Sitz des Lebens, Kopf hoch, mag der Hals auch dreckig sein! Zum Leben gehört viel Humor. Mut, Bruder!, Gemeinschaft, Miteinander, Vater unser. Amen. Amen heißt: „So sei es!" und bedeutet für uns, dass wir uns auf die Lebenswirklichkeit einlassen.

Vielen Dank!

Der Generationendolmetscher konnte in dieser Form nur entstehen, weil viele Menschen mitgeholfen haben – ein herzliches Dankeschön der HerausgeberInnen geht an

Inge Aistleitner • Petra Burgstaller • Marcus Diess • Ewald Ehtreiber Frau Gaube • Frau Glück • Hans Habersatter • Karin Hauser • Martina Hauser • Hildegard Hörl • Edi Jäger • Magdalena Klein • Peter Kramml Wolfgang Loidl • Mira Marinovic • Robert Miksch • Randolf Messer Kerstin Probst • Brigitte Santner mit den SchülerInnen der 4C Klasse, Schuljahr 2009/10 • Sonja Schachinger • Michael Töpfer alias Muck MC Otmar Weber • Mirjam Winter • Ahmed Yagmur • Nicole Younes

Doyobe • ErgotherapeutInnen der Stadt Salzburg • Evangelische Pfarrgemeinde Salzburg West • Gesundheits- und Sozialnetzwerk des Roten Kreuzes • Jugendliche des Kinder- und Jugendzentrums Lehen • Jugendliche des Abenteuerspielplatzes, Kinder -und Jugendzentrum Taxham Jugendliche des Kommunikationszentrums Berger Sandhofer Siedlung Jugendliche des Jugend- und Kulturzentrums Corner • Katholische Pfarre Maxglan • Katholische Pfarre Taxham • SchülerInnen und LehrerInnen der HS/NMS Taxham, Liefering und Plainstraße, sowie des Wirtschaftskundlichen Realgymnasiums • SeniorInnen und MitarbeiterInnen der Seniorenheime der Stadt Salzburg • Seniorentageszentrum Rauchgründe

... die AutorInnen der verschiedenen Texte ... die InterviewpartnerInnen ... die vielen EinsenderInnen von Wort- und Anekdotenspenden per E-Mail, Postkarte, Brief und schließlich an all jene, die uns mit Mitteilungen, Hinweisen und im persönlichen Gespräch unterstützt haben.

Vielen Dank
auch unseren Sponsoren:

STADT : SALZBURG

EUROPARK
Shopping of Modern Art.

ERSTE-Salzburger Sparkasse Kulturfonds
ERSTE SPARKASSE

Salzburg AG

Alexandra
Picker
38 Jahre
PR-Beraterin

Erfahrungen sind Maßarbeit. Sie passen nur dem, der sie macht!

Vierzigjährige sind uralt! So hab ich mit 15, 16 gedacht. Jetzt ist es so weit und ich erfahre: So schlimm ist es nicht! Aber ich bin mir meiner eigenen Endlichkeit bewusst geworden.

Wie alles begann …

Die Generationenbeziehungen in Salzburg gestalten sich meist unauffällig. Ins Licht der Öffentlichkeit rücken sie nur, wenn sie auffällig werden – und das nicht im positiven Sinn. Um zu zeigen, dass Generationen in Salzburg gut miteinander können und um dieses Miteinander zu unterstützen, hat sich die Arge MITeinanderREDEN entwickelt.

Beim „Fest der Generationen“, das war eine Kooperation zwischen dem BWS Bewohnerservice Taxham/Maxglan, mit Christian Reisinger als Initiator, und dem ZGB Zentrum für Generationen & Barrierefreiheit, mit Initiatorin Susanne Schinagl, wurde die Idee für einen Generationendolmetscher geboren. Aber der Weg zum Buch war noch weit. Der Verein Spektrum mit Thomas Schuster und Pamela Heil sowie der Jugendbeauftragte der Stadt Salzburg, Jochen Höfferer, alles Profis im Bereich der Jugendarbeit, sagten begeistert ihre Mitarbeit zu. Das BWS und ZGB verbinden Alt und Jung, dazu eröffnen die Heime der Stadt Salzburg den Zugang zu vielen älteren Menschen. Ein erstes gemeinsames Projekttreffen und 3 leere Pizzakartons und 4 Tafeln Schokolade später stand fest: Ein Projekt dieser Größenordnung kann nicht ohne Projektkoordination abgewickelt werden. Steffanie Zauner betreute das Projekt als zentrale Anlaufstelle. Die ARGE war arbeitsfähig, Budgets wurden erstellt, Sponsoren gesucht, Förderungen beantragt und parallel – weil alle fest an die Sache glaubten, wurde gesammelt: Worte, Anekdoten, Bilder, Comics, Lustiges, Nachdenkliches und längst Vergessenes. In Schulen, in Jugendzentren, in Seniorenheimen, auf der Straße, im Einkaufszentrum, auf Veranstaltungen. Bei Kaffee und Kuchen, bei Burger und Pommes. Bei Schlagern, Klassik, HipHop, Rave und RnB.

Junge Menschen zwischen 10 und 19 Jahren sowie betagte Menschen ab, sagen wir mal, 60 Jahren, gewährten Einblick in ihre Gegenwart und Vergangenheit. Es wurden Postkarten gedruckt, Buttons gepresst und die besten Wortspenden auf T-Shirts verewigt. Als Steffanie Zauner zu neuen beruflichen Ufern aufbrach, übergab sie die Projektkoordination an Pamela Heil. Der Verlag Anton Pustet nahm dieses Projekt ins Verlagsprogramm auf, Gertraud Steiner übernahm die Redaktion, um aus dem Textmaterial ein Buchmanuskript zu erstellen. Peter Mauser sichtete als Sprachwissenschaftler die Wortlisten und Grafiker Christian Tschepp feilte an Layout und Illustrationen. Außerdem wurde der Generationendolmetscher hörbar gemacht. Die Radiofabrik, namentlich Mirjam Winter, verlieh gemeinsam mit den Akteuren und Akteurinnen einzelnen Texten und Wortauflistungen Stimme und Musik – auf eine CD gepresst findest du das Ergebnis im Anhang des Buches.

Das Spannendste aber ist: Du hältst ein Buch in Händen – und im Prozess haben sich wieder neue Netzwerke gebildet, Generationen sind sich näher gekommen, Freundschaften zwischen Jung und Alt wurden geknüpft, Folgeprojekte wurden angeregt. Bei allen, Jung wie Alt, „querfeldein" durch die Altersgruppen und sozialen Schichten, ist der Funke übergesprungen. Wer immer mit diesem Buch in Berührung kam, war begeistert und wollte dabei sein. Damit ist unsere Idee eines vielstimmigen Dolmetschers zwischen den Generationen auf der ganzen Linie aufgegangen.

Wir wünschen dir beim Schmökern, Blättern, Lesen viel Vergnügen und einen Funkenregen an Einsichten, Erinnerungen und Aha-Erlebnissen zum Weitersagen und Weiterpflegen deiner ganz persönlichen Generationenbeziehungen!

Die HerausgeberInnen

Elisabeth Kranzinger

57 Jahre
AHS-Lehrerin

Das Leben ist dazu da, sich selbst zu finden

Ich brauche den Kontakt zu den Jugendlichen, um nicht „zu verschroben". Ihre Frische und ihr Mut zur „Verrücktheit" tun einfach gut!

Bildnachweis (in alphabetischer Reihenfolge)

ARGE MITeinanderREDEN: 6 (2), 8 (1), 34 (1), 38 (8), 50 (1), 51 (1), 52 (1), 53 (8), 60 (2), 61 (3), 82 (1), 95 (1), 107 (1), 108 (2), 109 (2), 115 (1), 116 (1), 120 (1), 122 (1), 124 (1), 140 (1), 144 (1), 145 (1), 146 (1), 148 (1), 150 (1), 152 (1), 153 (1), 154 (1), 155 (1), 156 (1), 158 (1), 159 (1)

Berger Markus: Coverfoto, 23 (1), 28 (1), 30 (1), 39 (1),

Bewohnerservice Taxham-Maxglan: 61 (1), 90 (1)

Göbl Elisabeth: 6 (1), 31 (1)

Hutter Peter: 157 (1), 158 (1), 159 (1)

Klonner Gerald: 74 (1)

Mauser Peter: 28 (1)

Reichl Julia: 69 (1)

Rollbrett Tom: 128 (2), 129 (1)

Salzblog: 3 (1), 7 (1), 121 (3), 123 (5), 140 (1), 151 (2)

Steiner Gertraud: 2 (1), 3 (2), 6 (2), 12 (1), 18 (1), 22 (2), 24 (1), 28 (1), 30 (1), 31 (1), 74 (3), 80 (1), 81 (1), 85 (1), 98 (1), 104 (2), 105 (1), 138 (1), 147 (1)

Tschepp Christian: 29 (1)

Verein Spektrum: 6 (1), 7 (3), 13 (1), 17 (5), 18 (2), 27 (1), 36 (1), 38 (1), 39 (1), 42 (1), 51 (7), 63 (1), 73 (1), 83 (8), 85 (1), 86 (1), 87 (1), 88 (1), 92 (1), 93 (1), 96 (1), 97 (1), 102 (1), 103 (1), 109 (1), 114 (1), 118 (1), 125 (8), 134 (1), 138 (1), 139 (1), 140 (1), 149 (4), 151 (2)

wildbild: 2 (1), 9 (1), 13 (1), 29 (1), 63 (2), 64 (1), 65 (1), 66 (1), 67 (1), 77 (1), 78 (1), 130 (1), 131 (1)

ZGB: 14 (1), 19 (1), 91 (4), 147 (4)

Bilderleiste unten: Spektrum (2), ARGE (1), Markus Berger (1), wildbild (1), Gertraud Steiner (1)

Kinderzeichnungen: © Spektrum

Impressum

Bibliografische Information der Deutschen Nationalbibliothek:
Die Deutsche Nationalbibliothek verzeichnet diese Publikation in der Deutschen Nationalbibliografie.
Detaillierte bibliografische Daten sind im Internet über http://dnb.ddb.de abrufbar.

Verlag Anton Pustet
5020 Salzburg • Bergstraße 12

HerausgeberInnen (in alphabetischer Reihenfolge):
Jochen Höfferer (Jugendkoordinator), **Pamela Heil** (Spektrum), **Christian Reisinger** (BWS Taxham-Maxglan), **Susanne Schinagl** (ZGB), **Thomas Schuster** (Spektrum), **Steffanie Zauner** (ZGB)

Redaktion und Lektorat: Gertraud Steiner
Layout & Satz: Der Christian Tschepp
Covergestaltung: Tanja Kühnel
Covertexte: Gertraud Steiner

Druck: Druckerei Theiss, St. Stefan im Lavanttal
Gedruckt in Österreich

ISBN: 978-3-7025-0620-9

www.pustet.at